KB104277

향수

향수

손성배 시집

지혜

책을 펴내면서

아버지께서는 1993년 6월 공무원으로 정년퇴임하신 후에는 주로 해외 여행, 국내 100대 명산 등산, 독서 등으로 인생 2막을 즐겁게 생활하셨다. 특히 책읽기를 유난히 좋아 하셨는데, 문화동 본가에 들릴 때면 서재에서 책을 보실 때가 많았다. 덕분에 나도 관심있는 책은 아버지가 다 보신 후에 집으로 가져와 보곤 했었다.

건강하시던 아버지께서 2014년 6월 위암 초기로 진단받은 후 수술받고 5년 후에 완치판정을 받으셨지만 그 영향일까 많이 수척해지고 면역력도 좀 떨어졌나 보다. 그때부터 각종 병마가 찾아와 아버지를 괴롭혔다. 그래도 아버지는 병마와 잘 싸워 이겨내셨다. 나는 아버지를 모시고 병원에 다니는 게 일상이 되었다. 그래도 아버지는 건강하고 정신이 맑으면 구상했던 작품을 써두었다가 내가 문화동을 방문하면 "얘야, 이것 좀 갖다가 컴퓨터 작업해서 갖다 줘라" 하신다.

그렇게 내 컴퓨터엔 아버지가 써내려간 시나 산문이 제법 쌓여가고 있었다. 2023년 봄 갑자기 사달이 났다. 아버지가 쓰러지셨다. 완치가 어렵다고 한다. 요양병원으로 전원하면서 기력도 떨어지면서 인지능력도 떨어지셨다. 얼마전 면회를 갔는데 대화중 갑자기 아버지께서 맑은 정신으로 말씀하셨다.

"애야, 내가 그동안 써논 글이 책 한 권 낼 수 있을 것 같다."

"부탁한다."

아버지께서 이승에서 할 수 있는 마지막 부탁이자 평소에 가슴속에 감춰둔 소망인 것을 나는 알았다.

이 책은 아버지가 지인의 권유로 늦은 나이에 작품활동을 시작하면서 2017년 10월 『화백문학』을 통해 시인으로 등단하고 그해 11월 첫 시집인 『발자취』를 출간하고 난 후 2019년 2월부터 2023년 1월까지 약 3년에 걸쳐 틈틈이 작업하신 작품들과 산문 그리고 흘러간 일기장 일부를 모아 엮은 것입니다.

어려운 여건에도 이 책 발간을 허락해 주신 출판사 반경환 사장님, 그리고 책을 예쁘게 디자인하고 편집해 준 반송림 씨에게 감사드리고 정성을 다하여 예쁜 시화를 만들어 주신 김인환님께도 감사드립니다.

아버지를 대신하여,

"이 책을 평생을 같이 한 어머니와 아들, 며느리, 손자, 손녀들에게 주고 싶다. 그리고 밥산밑이 고향인 모든 일가 친척들에게도 주고 싶다. 또한 나와 인연을 맺었던 분들에게도 주고 싶다."

병상에 계신 아버지를 위해 하루빨리 책을 만들어 보여 드리고 싶다.

나는 마음이 급하다.

2023년 6월

아들 손 수 돈

차례

책을 펴내면서 —————————— 4

1부
향수

귀소본능 —————————————— 12

꿈에서 가 본 고향산천 ——————— 13

다시 듣고 싶은 퉁소 소리 ————— 14

부지깽이 ————————————— 15

思父曲 —————————————— 17

소 달구지 ———————————— 18

어머니의 손맛 —————————— 19

자리틀과 고드랫돌 ———————— 20

타향살이 ————————————— 21

할머니의 망원경 ————————— 23

"덤" 없으면 섭섭하지 ——————— 24

호롱불 —————————————— 26

2부
그리움

그리운 벗 뭇兄에게 —————————— 28

변해가는 설날의 모습 —————————— 30

보름달 ———————————————— 32

불가사의한 두 번의 체험 ——————— 34

산울림(메아리) ——————————— 35

소나기 피해 처마밑에 서서 —————— 36

아무렴 그렇지 ——————————— 38

오솔길 ——————————————— 39

원두막의 추억 ——————————— 40

진정한 아름다운 우정
　— 故 탄곡 李殷佑선생 영전에 바칩니다 — 42

차마 집을 나갈 수는 없었습니다 ———— 44

추억의 초등학교 통학길 —————— 46

평생에 제일 맛있게 먹은 밥 ————— 47

휘영청 밝은 달밤이면 ——————— 49

3부
무제

개심사 겹벚꽃 나드리 ———————— 52

거실 밖의 은행나무 ———————— 53

격세지감 ———————— 54

고마운 지팡이 ———————— 57

나이테 1 ———————— 58

나이테 2 ———————— 60

단풍잎을 밟고 서서 ———————— 61

봄이 오는 소리 ———————— 62

선녀善女와 우산 ———————— 63

숲속의 자연 바람 ———————— 64

아내의 자가용 보조 보행기 ———————— 65

암을 극복하고 나서 ———————— 66

오늘 나는 천사를 만났다 ———————— 67

우리집 할멈의 가훈 ———————— 68

핸들이여 안녕! ———————— 69

4부
흐르는 세월

걸어온 인생행로 ——————— 72

그게 아니였는데 ——————— 73

기러기 날아드니 ——————— 74

만시지탄 晚時之歎 ——————— 75

번개같이 살아왔네 ——————— 76

세 발 인생의 넋두리 ——————— 78

세월이 갈수록 그리움만 쌓이네 ——————— 79

소시적 꿈은 알차게 꾸었는데 ——————— 80

"아버지"라는 이름의 무게는 ——————— 81

차가운 가을비 내리니 ——————— 83

찬이슬 내리는 계절이 오면 ——————— 84

흘러가는 구름 ——————— 85

산문

너무도 짧은 아쉬운 동행 ——————— 88

부치지 못한 편지 ——————— 92

예당 저수지를 다녀와서 ——————— 95

모처럼의 대천 나들이 소고 ——————— 99

인연이 맺어준 또 하나의 인연 ——————— 102

공직생활 40년의 회고 ——————— 105

팔십 고갯마루에서의 回想 ——————— 110

나의 애송 시
　― 청산은 나를 보고 ——————— 113

투병기 ——————— 114

일기

흘러간 일기장 속의 자화상 ——————— 120

작가의 별난 人生歷程

작가의 별난 人生歷程 ——————— 136

1부
향수

• 일러두기
  페이지의 첫줄이 연과 연 사이의 띄어쓰기 줄에 해당할 경우 > 로 표시
합니다.

귀소본능

타향살이 어느덧 70년.
해가 갈수록 그리움은 더 짙어만 간다.

날이 새면 매일같이 모여
긴 하루해도 짧다 하며 노닐던 사랑스런 동생들.
삼면을 둘러싸고 있는 아늑한 산자락에
포근한 잔디밭과 널따란 바위들.
마을앞 실개천과 동구밖 느티나무 밑.
논과 밭 때로는 숲속에도
모두가 우리들 소꿉놀이 터.
그곳에서 모두 성장하였고 꿈도 자라난 곳.

이제 갈 수 없는 몸
눈앞에는 시도 때도 없이
어른거리는 것이
세월이 갈수록 더해간다.
아~ 그리운 내 고향(밥산밑)
그곳이 그립다.

꿈에서 가 본 고향산천

떠난지 60여년 참으로 오랜만에
현실같은 고향산천을 헤매인 꿈을
어제 밤에 꾸었다.

하루에도 몇 번씩 오르내리며 뛰놀던 그곳
마을의 진산 식적봉에 제일 먼저 올랐다.
갈길 몰라 방황하던 사춘기에
숨 막히는 심정을 다독이고 진정시켜준 그곳
아스라이 바라보이는 서해바다를 조망하는 순간
그 시절의 그리움에 도취되어
한참을 나도 모르게 주저앉아 있었다.

산천은 의구한데 사람은 보이지 않고
그때 뛰놀던 산길은 찾을 길 없으며
무성하게 자란 숲이 길을 막는구나
향방없이 헤매다 깨어나니
덧없는 일장춘몽이였다.

다시 듣고 싶은 퉁소 소리

초등학교 입학전 서당에 다니던
어린시절 어느날
휘영청 달밝은 무더운 여름날 밤
개울건너 원두막에 누워
풀숲에 숨어있는 개똥벌레 불빛이
도깨비 불이라고 마음 졸이고 있을 때
고요한 산골짝의 적막을 깨트리며
건너마을 그 누구가 부는지
구슬프고 애절하게 들려오는 퉁소 소리

그 소리에 매료되어
막내 숙부님을 졸라서 배워불던 퉁소
아득히 잊고 살다 황혼길에 어느날 문득
그때의 퉁소 소리가 가슴 깊이 스며든다.
아득한 옛날부터 고달픈 삶을 위로해주던 소리
진정한 우리 소리 아름다운 소리
다시 불어보고 싶은 그 소리
영원히 사랑하리라.

부지깽이

이른 아침부터 늦은 저녁까지
언제나 부뚜막 앞에
부지깽이 들고 앉아 계시던
어머님의 인자하신 모습이
80여 년이 지난 지금까지
아련히 뇌리 속에 머물고 있다.

부지깽이는 어머님의 충실한 심복
뜨거운 불속에 들어가
자기 몸 불태워 가면서
자기 할 일을 완수한다.

밥솥의 불조절은 필수이며
된장찌개며 생선구이에
우리들의 군것질거리까지
어머님을 돕는 부지런한 일꾼이다.

부지깽이는 또한 어머님의 지휘봉으로
부엌에 어른거리는 어린 우리들과
부뚜막 위에서 졸고있는 고양이며

아궁이 앞에 앉아있는 강아지도
어머님의 부지깽이 지휘봉에
절대로 순종해야 했다.

思父曲

1.
내리는 흰 눈으로
이불 삼아 덮으시고

높지기 설야월의 등불
밝혀 놓으신 채

영원히 잠들고 계신
고요한 아버지의 유택.

2.
하염없이 꿇어 앉아
팔장 끼고 눈을 감으니

나날이 엷어져 가는
희미한 그 모습

뵈옵고 싶은 마음은
세월이 갈수록 짙어 갑니다.

1951. 02.

註) 열아홉 살에 아버지의 3년 상을 탈상하고서 첫 번째 설대목을 맞아 잠 못
　　이루는 새벽에 씀.

소 달구지

엄동설한 추운 날 이른 아침
무거운 짐 가득 싣고서
덜그덕, 덜그덕, 삐걱, 삐걱
읍내 5일장에 바쁘게 가는
주인영감과 소 달구지
내뱉는 입김이 고드름되어
턱주변에 주렁주렁 매달고서도
언제나 그렇듯이 정답게 걸어간다.
장이 파하고 나면 막걸리 한 대접 쭉 ~
동태 두, 세 마리 사 들고
얼큰하게 취해있는 주인을
달구지에 태워 귀가하는 아름다운 그림
아무리 힘들어도 순종하는 소
주인과 깊은 인연의 끈 소 달구지
소중한 재산목록 1호였지

이제 세상이 변하면서
소 달구지는 자취조차 찾을 길 없으니
아련한 향수로만 남는구나

어머니의 손맛

세상에 둘도 없는 소중한
어머니의 손맛

참사랑에 지극정성으로 빚어내는
누구도 흉내 못내는 신비한 마법의 맛
어머니의 손맛

먹어도 먹어도 또 먹고 싶고
내 뼛속 깊이 깊이 배어 있는
잊을 수도, 잊어서도 안 되는 고귀한
어머니의 손맛

당신은 멀리 하늘나라에 가셨지만
영원히 잊지 않고 간직하렵니다.

자애로웁고 사랑이 듬뿍 담긴
어머니의 그 손맛이 더욱 그립고
꿈속에서라도 뵙고 싶습니다.

자리틀과 고드랫돌

어두운 곳간 속에 잠자고 있다가
농한기 되면 사랑방으로 나와
동거동락하는 자리틀과 고드랫돌.

고드랫돌은 청올치로 만든 노끈을
온몸에 감고 왕골껍질을 엮는 날줄되어
자리틀 앞뒤로 쉼없이 넘나들며
왕골돗자리를 한올한올 엮어나간다.

고드랫돌은 자리틀 위에서
할아버지 손놀림에 따라 춤을 추며
서로 부딪치는 둔탁한 타악기 소리
똑닥, 똑닥, 다다닥

그 소리 들으며 할아버지 옆에서 잠들곤 했다.
팔십이 넘은 몸 쉬지 못하시고
고드랫돌을 넘기셔야 했던 그 모습
자애롭고 근엄하신 할아버지
존경합니다.

타향살이

1955년 4월 직장이 마련되고
그해 늦가을 분가하여
백일이 막 지난 큰아이와 세 식구
직장근처의 변두리 한 촌가
방 두 개, 부엌 하나뿐인 초가집에서
타향살이를 시작하였다.

셋방에서 셋방으로 옮기고
직장따라 전전하며 돌고 돌아
대전에 정착한지 66년이 되었다.

1, 2년에 한 번씩 거처를 옮기면서
불안정한 생활하다가
노년기가 되어서야 정착하였고
고향에는 다시 갈 수 없으니
이곳이 종착지가 되었다.

고향이 타향이 되고
타향이 고향이 된 현실
그러나 꿈속에서는 지금도

고향산천에서 친구들과 함께
뛰어 다니면서 놀고 있으니
타향살이는 현실 뿐인가 보다.

아이들도 초등학교는
몇 번씩 옮기었는데
적응을 잘하고 자라 주어서
고맙고 다행이다.

할머니의 망원경

우리집 안채의 안방은 할머니 방.
안방문 창호지를 갈아 붙일 때마다
아버지가 방문 한 가운데에
네모난 유리를 붙여놓는 까닭은
울 밖의 세상을 살피시는
할머니의 유일한 망원경이니까

날마다 그날의 날씨를 확인하시고
오고 가는 사람들의 동태도 살피시며
마을안의 분위기 예측도 하시었고
간혹 낯선 사람이 보이면
뉘네집 손님인지 궁금해 하셨지
시야에 들어오는 산과 들을 보시면서
변해가는 계절도 느끼셨다.

고고하고 인자하신 할머니의 그 모습
눈 감으면 지금도 아련히 떠오른다.
할머니!
많이 뵙고 싶습니다.

"덤" 없으면 섭섭하지

소소한 거래를 해도
아름다운 덤 문화가 있고
남들보다 더 장수하면
덤으로 산다고 생각하는
우리민족의 넉넉한 마음씨
덤이 없으면 섭섭해지지

채소 몇 묶음
생선 몇 마리
과일 몇 개 사고 파는 데도
덤은 빠짐없이 따르고

기르던 가축을 거래하여도
막걸리 한 대접 먹고 가라며
당연히 덤이 따르는 인정

가을걷이 끝낸 농촌에서는
새와 들짐승들 먹이로
과실나무 끝에 몇 개 남기며
밤, 도토리, 상수리를 주을 때도

산짐승들을 위해 대충 줍고 마는
아름다운 우리풍속 덤의 문화

세상에서 가장 아름다운 말
우리 생활속 깊이 뿌리내리고 있는 "덤"
덤이 없어지면 서운하지

호롱불

두메산골에 어둠이 깔리면
제일 먼저 마주하는 호롱불.

훅하고 불기만 해도 꺼져버리는 연약한 놈이
온몸을 불태워 칠흑같은 방안을 밝혀주는
더없이 고마운 동반자였지.

주경야독하고 불철주야하던 시절에
밤마다 묵묵히 내옆을 지켜주던 호롱불.
새벽까지 잠 못이루고 뒤척이면
노력하는 자에는 필유경이라 격려해주던 호롱불.

문명의 이기에 떠밀려 다시는 볼 수 없게 되어버린
정들었던 그 호롱불이 보고싶다.

2부
그리움

그리운 벗 뭊兄에게

뭊兄! 너무도 고요한 밤입니다. 심술궂게 불던 바람도 무정하게 내리던 비도 이제 지쳤는지 고요히 잠이 든 듯합니다. 이 세상 대지위의 모든 만물들도 따뜻한 여인의 마음씨 같은 보드라운 꿈속에서 헤매고 있겠지요.

지금 내 주변에는 책상머리 위의 유일한 시계소리와 먼데서 들려오는 개 짖는 소리 만이 이 밤의 적막을 깨트릴 뿐이구려 또한 어두운 밤하늘을 정처없이 울며 날아가는 기러기 소리가 외로운 내 심정을 더욱 괴롭히고 있습니다.

내 기억속에 아직도 사라지지 않는 학창시절의 이모저모 모든 학우들의 명랑하며 활발한 모습들이 더욱 나를 외롭게 할 뿐이네요.

가슴속 가득히 쌓여있는 이 심정을 이해하여줄 유일한 친구 오형에게나 넋두리 하고자 두서없이 몇 글자 亂筆합니다. 차가운 겨울로 드는 요즈음 층층시하에 건강 각별히 유념하시오. 우둔한 이 벗은 이 깊은 골짜기에서 오서산만 바라보면서 쓸쓸히 하루하루를 소일하고 있습니다.

뭊兄! 형만은 낙오되어있는 이 벗을 잊지 않겠지요. 이 세상을 떠날 때까지 우리의 따뜻한 우정 변치않기를 고대하며 바랍니다.

피가 끓는 젊음의 내 가슴 속에는 큰 희망과 포부가 있으며 꼭 성공할 것을 다짐하면서 승리의 서광이 빛날 때까지 헤어질 때 잡은 두 손목 놓치않을 것입니다. 작별하면서 교정을 쓸쓸히 떠난지가 벌써 4개월이 지나 갔습니다.

그때가 녹음이 짙어져 가는 7월 상순이였지요. 그런데 가을도 끝자락 겨울이 되었습니다. 오늘은 언제나처럼 저녁밥을 먹고 나서 사랑방 툇마루에 걸터앉아 내리는 부슬비를 하염없이 바라봅니다. 황혼녘 적막이 사정없이 나를 감싸면서 감내하기 힘든 외로움을 노래에 실어 흥얼거리다가 문득 오형의 모습이 떠올라 이 글을 쓰고 있습니다. 이해를 바랍니다.

환절기에 건강에 유의하고 꼭 성공하여 웃는 낯으로 다시 악수할 때를 꿈꾸면서 그날을 두 손 모아 기원합니다.

4284. 11. 비오는 밤에
청소면 야현리 오병환 兄에게

변해가는 설날의 모습

1.

빠르게 변하는 설날의 모습
어릴 적만 해도 설이 다가오면
자고나면 손가락 하나씩 펴면서
조급한 마음으로 기다렸다.
살림살이가 아무리 궁색해도
때때옷과 양말 그리고 검정 고무신
아낌없이 베풀어 주신 부모님의 선물
이때만이 받아보는 최고의 선물이었지.
설날 아침이 오면 일찍부터 일어나
선물받은 때때옷 갈아 입고서
조상님들께 먼저 차례 올리고
어른들께는 새해맞아 세배 드린 후
산소에 가서도 새해 인사 올렸다.
하루종일 일가 친척과 마을 어른들
찾아 뵙고 세배드리면서 즐기는
명실상부한 명절이었다.

2.

급속한 경제 발전으로 생활이 나아지면서

핵가족으로 원근으로 흩어져 살게되니
관심도 적어지고 바쁘기도 하니
그믐날 늦은 밤에 바삐 왔다가
설날 아침 일찍 서둘러 떠나간다.
고향에 홀로 남으신 부모님의
고독감은 평시보다 더하겠지.
유구한 세월 면면히 이어오는
고유의 미풍양속이 사라져 가니
아쉬웁고 걱정스럽다.

보름달

오래간만에 참으로 오랜만에
침실 깊숙이까지 들어와 있는
나의 젊은 시기를 올바르게 잡아준
쟁반같이 둥근 그 보름달을 보았다.

보름달이 뜨면 항시 어머님께서
가내 무사태평을 빌으시던 그 달.
어릴 적부터 가슴 설레게 하였으며
즐거울 때나 외로울 때나 항시
나를 위로하고 지켜주던 그 달.
세파에 찌들어 살다보니
까마득히 잊고 살아 왔는데
그 달이 오늘밤 침실로 찾아와
대낮같이 환하게 비추고 있었다.

후다닥 일어나 창 넘어 하늘을 보니
맑고 둥근 그 보름달이 반갑게도
옛날처럼 침실을 비추고 있었다.
너무 감격스러워 허둥대는 사이
시간은 계속 흘러 새벽녘.

달은 이미 서쪽으로
기울어져 가고 있었다.

밤새 잠도 자지 않으면서
변함없이 침실을 지켜주는 고마운 달.
오늘밤 만이라도 함께하며
젊은 그 시절의 낭만을
느껴보려 하였는데.
아쉬움을 남기고
동이 트기 시작하네.

불가사의한 두 번의 체험

신병훈련소에 입소한 1952년 5월 어느날
그 당시 인체에 만연하여 괴롭히던
이를 퇴치하기 위하여 모터 분무기로
D.D.T 분말을 옷속 깊이 앞뒤로 두 차례씩
흠뻑 목욕세례하였고

전상 치료차 육군병원에 입원했을 때
오직 오일페니실린 주사 한 가지로
시종여일 5개월 동안 치료하여
상처는 완치되었는데

이 두 종류 의약품 모두가
이제는 독약으로 판명되어 퇴출되어 자취를 감추었다.
그 시대의 명약이 이제는 독약이라?
그러면 내 몸에는 어떤 영향을 끼쳤는지
혹시 지금 병마에 고통받는 것도?
생각만 해도 소름이 끼친다.
수수께끼같은 두 번의 체험
불가사의한 체험의 사실!

산울림(메아리)

어릴 적 놀며 자란 고향은
삼면이 산으로 폭 둘러 싸인
아늑하고 평화스러운 산촌.
초가집 10여 채가 오순도순 살았는데
산골짝 어디엔가 또다른
낯선 산사람들이 살고 있었다.

산밑에서 어린이들이 뛰놀 때면
어김없이 우리를 따라 흉내낸다.
궁금하여 더욱 소란을 피우면
골짜기가 요란스럽게 울리면서
언제나 같은 소리로 응대하는데
무서움 보다 호기심이 발동하여
소리를 더 지르며 놀았던 기억이
지금도 새록새록 난다.

세월이 지나 성인이 되어서야
산사람은 산울림(메아리)인 것을 알게 되었다.
산 메아리. 야호!

소나기 피해 처마밑에 서서

싱그러운 신록의 향기에 취하기 위해
오늘도 보문산 숲속 길에 들어가
흥취에 빠져 즐겁게 걷고 있을 때
갑작스러운 소나기를 만나
공원속 편의시설 처마밑에
허둥지둥 비를 피하고 나니
순식간에 가랑비는 폭우로 변하여
포장도로 위로 큰 물줄기가 생긴다.
망연자실 상태로
대책없이 서있는 순간
어릴 적 고향으로 돌아가
비오는 날 남의 집 처마밑에
친구들과 옹기종기 모여서
온몸이 다 젖어도 아랑곳하지 않고
집에 가면 엄마의 꾸중이 뻔하지만
처마 끝 낙숫물로 온갖 장난치면서
박장대소 떠드는 소리에
놀라면서 정신 차리고 나니
소나기는 이미 지나가고
때마침 숲속에서 소쩍새가

소쩍, 소쩍, 소쩍
노래부르며 어디론가 자리를 뜬다.
옛 농경사회 시절 어르신들은
소쩍새의 노래소리 들으시면
올해도 비가 잦아 우순풍조하여
풍년 들고 곡식이 많아지니
가마솥이 적게 된다는 것으로
받아들이면서 즐거워 하셨단다.
올해도 풍년되어 즐기는 농민소리가
환청으로 들린다.
찰나의 소나기 덕분에
잠깐동안이지만
현재와 과거, 미래를 엿보았다.

아무렴 그렇지

그렇고 말고 그것이 맞다.
그러면 그것도 옳은 것이지
그렇다면 그리하게나
이것도 맞고 그것도 옳은 것이니
옳다 그르다 다투지 말고
서로 서로 합심하여 행한다면
만사가 형통하리

백년도 못 사는 우리네 인생
무엇 때문에 아옹다옹 사느뇨
아무렴 그렇지 그렇고 말고
그럼, 그럼, 그것도 옳은 말이야!

오솔길

그리운 고향의 오솔길
찬이슬을 가르며 학교 가던 길
이름도 모르는 들꽃들의 정원
작은 풀벌레들의 노래 전당
풀잎 끝에 매달린 영롱한 구슬
언제 보아도 아름다웠지

밤새 맺은 이슬 머금었다가
부지런한 농부가 지나가면
바짓가랑이 흠뻑 적셔주던 길
세월 따라 그 이름 조차 가물거리는
그리운 고향의 그 오솔길

다시 걷고 싶다.

원두막의 추억

작열하던 태양도 잠이 들고
으스름달이 동녘에 떠오르면
밤하늘에 쏟아지는 별과
골짜기의 별 반딧불을 보면서
원두막에 홀로 누워
오만 가지 공상에 헤매일 적에

건너 마을 개 짖는 소리가
고요한 산야의 적막을 깨뜨리고
어느 골짜기 원두막에선가
구슬피 들려오는 퉁소 소리
어릴 적 나라잃은 백성의 한 맺힌 곡조가
어린 내 가슴에도 구슬프게 느껴지던 것이
지금도 문득문득 머릿속에 맴돈다.

농가의 여름철 유일한 소득작물
참외, 수박을 관리하고, 휴식을 위하여
밭두렁 언덕바지에는
원두막 한 두 개쯤 있었다.
낮에는 오고가는 사람들의 쉼터가 되고

지나가는 소나기의 피신처로
낮에는 골짜기로 부는 시원한 골바람과
밤에는 산마루에서 내려오는 청량한 산바람이
뼛속까지 시원한 잠자리 되어주고
여름 한철 다목적으로 사용되던 곳.

가끔 고향길을 거니는 꿈속에서
주인이 잠들기를 기다리며
콩당콩당 뛰는 가슴을 안고
참외, 수박 서리하던 생각에 이르면
빙긋이 웃으면서 향수에 젖는다.

진정한 아름다운 우정
— 故 탄곡 李殷佑선생 영전에 바칩니다

1979. 6 보령군에서 처음으로
우리 두 사람은 인연을 맺으면서
같은 꿈과 목표를 이루기 위하여
협심 노력하여 얻어낸 결실
5급 승진시험의 합격에
새로운 용기를 얻어 더욱 노력하자고
맹세한 것이 엊그제 같은데
어느덧 40년이 흘러 갔네요.
부족한 것이 많은 우리에게는
배가의 노력만이 희망이었기에
더 열심히 뛸 수밖에 없었지요.

그 후로는 길다면 긴 세월을 대면은 못하고
전화와 서신으로만 변함없이
아름다운 우정의 연을 이어 왔는데
청천벽력같은 비보가 웬말입니까
회자정리는 필연이라지만
참으로 슬프고 괴롭습니다.
한 번 가면 다시는 못 오는 길
왜? 그리 서둘러 가셨나요

단 한 번 만이라도 서로 만나
쌓여있는 정담 나누어야 했는데
참으로 서운하고 아쉽습니다.

선생께서는 평생을 오직
고향을 생각하며 이루어 놓으신
많은 업적과 아름다운 행적은
오래오래 남을 것이기에
지역사회 발전에 큰 도움이 되는
풍족한 영양소로 남을 것입니다.
함께 사는동안 맺어 놓은 많은 인연들은
선생의 고귀하고 아름다운 그 삶을
영원히 가슴깊이 간직할 것입니다.
편안히 영면하기길 기원합니다.

우둔한 벗 손성배 재배

차마 집을 나갈 수는 없었습니다

뜨거운 향학열을 잠재울 길 없으며
배움의 목마름만 더해가는 10대 후반
탈출구 찾으려 헤매이면서
무작정 떠나고 싶기도 하였으나
주변여건이 허락하지 않았습니다.

90세 넘으신 할아버지 모시고
70세 되신 홀어머님과
30 청상되신 형수님 밑에
유복자까지 어린조카 4남매
올망졸망 귀엽게 자라고 있는
천진난만한 모습이며
입학 적령기된 늦동이 여동생까지
아홉 식구의 운명이 풍전등화되었으니
차마 집을 나갈 수는 없었습니다.

주경야독하며 가족을 지키는 길이
나에게 맡겨진 운명으로 받아 들여
온가족이 뜻을 함께 모아
묵묵히 앞만 보고 걷다 보니

지성이면 감천이라고
집안 가득히 드리웠던 먹구름이
점차 사라져 가면서
안도의 빛이 보이기 시작하였습니다.

90 고개를 넘어서 뒤 돌아보니
힘겹게 걸어온 지난 날들이
주마등 같이 스쳐 지나가네요.
스스로 택하여 걸어온 길이기에
미련은 있어도 후회하지 않습니다.

87세에 늦었지만 시인이 되어
어릴 적부터의 꿈이 이루어졌으니
더 이상 바랄 것도
아쉬움도 없습니다.
수많은 밤을 지새우면서
결정하여 걸어온 길
차마 집을 나갈 수 없었습니다.

추억의 초등학교 통학길

어릴 적 초등학교 가던 길은
산 넘고, 개울 건너, 들을 지나
왕복 12키로가 넘는 먼 길

고개를 세 번 넘고 세 차례의 개울을 건너
을씨년스런 상여집과 성황당이 두 곳
지나 칠 때마다 전율을 느끼는 길

등곳길 큰 고갯마루에 이르면
노루, 토끼, 꿩 등, 짐승과 새가 골짜기에 내려와
노니는 모습을 자주 접했던 길

즐겁고도 무섭고, 험난하고도 먼 길
동무들과 함께 6년을 하루같이
추억을 쌓으면서 걷던 등, 하교 길

새마을 운동과 세월이 흘러
성황당과 상여집은 흔적도 없고
아스팔트로 포장된 그 길은
마을버스가 다니는 길이 되었다.

지금은 어릴 적 어렴풋한 추억만 남았다.

평생에 제일 맛있게 먹은 밥

1953년 2월 구정 즈음
피비린내 나는 최전방 전쟁터.
생사고락을 함께하는
같은 참호속의 전우들이
자고나면 보이지 않을 때
뭐라 표현할 수 없는 심정이었지만
꼭 살아서 고향에 가야한다…

하지만, 식량공급마저 여의치 않아
설날 아침에 지을 쌀이 없어
냉수로 배를 채우고
낮에는 양지바른 곳에서
칡뿌리 캐서 구워먹었다.
이튿날은 굶고 3일만에
쌀만 겨우 공급되어
찬없는 밥을 지었으나
두 수저 먹고 더는 못먹었다.
나흘만에 소금이 공급되고
쌀뜨물에 간을 맞추어 먹으니
밥통의 반쪽인 내몫을

게눈 감추 듯 하였다.

구정 설날 아침부터
3일 굶고 4일 만에
다른 반찬 없이 쌀뜨물에
소금으로 간맞추어 먹은 밥.
67년이 지난 지금까지도
내 머리 속에서
지워지지 않는다.
그때 그 밥.

휘영청 밝은 달밤이면

어릴 적부터 감상적인 성격 때문인가
유별나게 달밤을 좋아 하였지
초승달과 반달도 좋아 하였지만
만월인 보름달을 더욱더 좋아 하였다.

휘영청 밝은 달밤이면
자리를 뜨는 것이 너무 아쉬워
새벽까지 서성거리다
늦잠 자는 날도 많았지

직장 따라 시골집을 떠나
도시 문명 속에서 살다보니
대낮같이 휘황찬란한
네온싸인 불빛에 가리어져
밝은 달밤을 보지 못하고 살았다.

지금도 마음만은 동심으로 돌아가
밤이면 시골집 마당에서
동무들과 밀짚방석에 앉아
구수한 모기불 내음 맡으면서

밝은 달을 보며 즐기던
그 밤도 마냥 그립고
누구와 함께 무작정 걸으며
새벽이 다가오는 줄도 모르고
앞날의 꿈을 그리던 때가 생각난다.

어쩌다 일찍 잠자리에 들 때면
창문밖에 홀로 서있는
벽오동 나무의 은은한 달빛 그림자
한 폭의 동양화로 손색이 없고
때로는 산들바람이라도 불어오면
무용수의 아름다운 춤사위되어
쌍창 미닫이 창호지 위에
그려주는 그림자를 보며
꿈나라로 인도해주던 그 달밤이
지금도 마냥 그리워진다.

개심사 겹벚꽃 나드리

예상치 못한 늦은 봄에
개심사로 겹벚꽃 나드리
끝없이 이어지는 차량행렬
평일인데도 관광객으로 북적인다.

절 입구부터 벚꽃터널로 장관
경내는 홍, 청, 백색이 어우러진 겹벚꽃들
산들바람에 나부끼는 꽃눈은 길위에 카펫을 깔아놓고
골짜기 개울에는 낙화가 유영한다.

보고만 가기에는 너무 아쉬운 듯
분주히 사진기에 담는 모습들
사람들의 얼굴에도 웃음꽃이 활짝피고
활기 넘치는 꽃대궐의 풍경.

그동안 코로나로 받은 심신의 고통
많은 위안이 되리라.

거실 밖의 은행나무

우리집 거실 바깥쪽 지근거리에
두 그루의 은행나무가 나란히 성장하여
늘 내 시야와 마주한다.
봄이면 연록색 새옷 입고서
늠름하게 뽐내고 서 있다가
여름이면 진청색으로 변신
보기만 하여도 시원하게 무성하더니
서리가 내리고 가을이 깊어 갈수록
샛노란 황금빛 단풍으로 물들어
그 요염한 자태는 보고 또 보아도
타에 비할 게 없구나
낙엽지고 알몸이 된 후 매서운 삭풍이
나뭇가지 사이를 지나면서 우는 소리는
봄이 멀지 않았음을 알리는 듯하다
철따라 사계절 변신하는 너
내 마음을 편안하게 해주는 벗이 되었으니
고마웁구나 은행나무야!

격세지감

나라 잃은 식민치하에 태어나
제2차 세계대전 전쟁중에
초등학교에 입학하여
왕복 12km의 험한 오솔길을
보자기로 책을 쌓아 등에 메고
짚세기나 나막신 신고
걸어서 6년간 통학하였는데
요즈음의 어린이들은
자가용으로 등, 하교하는 시대이니
격세지감이 든다.

군에 입대하면 제일 먼저
이 퇴치를 하기 위하여
D.D.T 분말로 목욕세례하고
전상환자가 병원에 입원하면
오로지 페니실린 주사만으로
완치될 때까지 치료하였는데
두 가지 약품 모두가
극약으로 판명 되었으니
격세지감이 아닐 수 없다.

\>

60여 년 전의 직장인들에게는
야간근무는 당연한 것이고
토, 일요일 근무도 다반사요
휴가는 아예 생각도 못하였는데
주 5일 근무도 과하다 하며
4일제 근무 운운하는 시대이니
격세지감을 느낀다.

개발되지 않은 낙후된 사회에서
문명사회를 모른채 자라나
식량이 모자라 끼니를 거르며
초근목피로 배고픔을 달래주었는데
초현대 문명사회를 살고있는 지금은
다양한 먹거리가 풍족하여
선택하여 먹는 시대가 되었다.

한 세기도 안 되는 기간이지만
참으로 세상 많이 변하였다.
늙은이 세대와 젊은 세대간의
연대 차이는 몇 십 년인데

생각과 행동이 다른 세대인 듯하며
삶 자체가 지나치게 다르니까
참으로 격세지감을 느낀다.

고마운 지팡이

노화기에 접어들고 나니
때에 따라서 보조자의
필요성이 있을 것 같아
단장과 처음 인연을 맺고
외출할 때 벗삼아
호신용으로 동행하였는데
어느날 동반자 지팡이로 변신
세 발 인생이 되면서
잠시도 떨어질 수 없는
생활의 필수품이 되었다
90고개를 넘으면서는
몸의 일부분이 되어
의지하며 도움을 받는
고마운 지팡이가 되었다
내 체력의 변화에 따라
지팡이의 역할에도
변화가 많았다

나이테 1

나무는 지혜로운 존재야
사계절은 물론 양지와 음지도
확실하게 인지하여
일년에 하나씩 나이테 만들어
쌓이고 쌓이면 고목이라 칭하며
보물같이 보호 받으면서
귀중한 존재가 되어
아름다운 나이테를 쌓는다.

사람의 나이테는 나무와 다르게
계절의 변화와는 관계없이
각자의 출생을 기준으로 하여
연륜이 쌓이면
모든 것이 퇴화되니
그래서 나이를 먹는다고 하나보다.

내 나이테는 어떠한가
성장기는 굴곡이 심하게
불규칙한 상태였다가
장년기에 다시 정상으로 되었으며

노년기가 되면서 쇠퇴하여
나이테가 90개가 넘으니
나무의 아름다운 나이테에 반해
흔적마저 희미해진다.

나이테 2

마음은 아직도 청춘 같은데
나이테가 구십 개나 쌓였으니
모든 것이 뜻대로 되는 것이 없다.

거리에 나가면 마주치는 사람들이
조심스레 옆으로 비껴가며
버스에 오르면 사람들이 자리를 양보하여 주고
운전기사님도 내가 앉아야 출발한다.

나무는 나이테가 많을수록 낙락장송되어
당당히 추앙받고 서 있는데
인간은 나이테가 많으면
사회에서 뒷전으로 밀려 난다.

함께 나이테를 쌓아온 인연들도
모두가 자취를 알 수 없게 되었다.

반갑지 않은 나이테만 쌓이면서
몸도 마음도 점점 쇠약해지니
나이테가 원망스럽다.

단풍잎을 밟고 서서

겨울을 재촉하는 비바람이 간밤 내내 불어 대더니
산책길이 온통 낙엽으로 덮혀 있다.
추풍秋風 낙엽인가? 추우秋雨 낙엽인가?
늦가을 찬바람에 낙엽이 우수수한다.

무지개빛 카펫을 깔아 놓은 듯
황홀함에 취해 상념에 잠겨 낙엽길을 걷고 있을 때
단풍잎은 이리저리 휘날리고
산새들은 가는 가을이 아쉬운지
이곳저곳으로 날으면서 이별가를 부른다.

여름내내 병마에 시달리는 동안
계절이 바뀌는 것도 몰랐는데 가을은 벌써 저만치 가고
있다.
제 할 일 다하고 떠나는 단풍잎은
새봄이 오면 새옷 갈아 입고 다시 오겠지
아름다운 단풍잎이여 밟는 것 조차 미안하다.

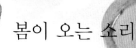

봄이 오는 소리

입춘 지나 우수경칩이 되면
산야에 있는 온갖 생명체들은
긴 겨울잠에서 깨어나
봄맞이 하기에 바빠진다.

간밤에 봄을 재촉하는 비가 소리없이 내려
산골짝 개울에도 봄 실은 물
졸졸졸 소리내며 흘러간다.
이름 모를 새들의 사랑노래
고요한 숲속의 아침을 깨운다.
양지바른 언덕에서
냉이, 달래 캐는 봄처녀 웃는 소리에
봄은 기다리지 않아도
봄처녀 웃음 타고 이미 와있네

봄이 오는 소리중 으뜸은
처음 입학하는 새싹들의
조잘대는 소리가 아닐까?
모든 봄이 오는 소리는 약동의 소리다.

선녀善女와 우산

며칠전 늦은 오후 외출중
강한 소나기를 만나 허둥대며
건물 처마밑에 겨우 피해
대책없이 곤경에 처해 있는데
일면식도 없는 중년의 선녀善女가
옆에 다가와 우산 받쳐주며
"기다리세요" 하더니
어데서 우산 하나 갖고와
"헌것이니 마음 쓰지 말고 쓰고 가세요" 한다.
우중雨中의 우산은 귀중한 것.
조건없이 베풀어 준 아름다운 그 선녀의 마음씨에
그저 "고맙다"는 말만 수없이 되뇌였다.
편안히 귀가하면서 새삼 나를 뒤돌아 보게 된다.
세상살이 고단하고 힘 들어도
배려하고, 아낌없이 베푸는 사람들이 있기에
밝은 세상이 이어지고
살맛이 난다.

숲속의 자연 바람

태양이 작열하는 무더운 여름날
반갑게 맞아주는 최상의 피서지
무성한 숲속에 들어서면

나무 잎들이 내뿜어 주는
싱그러운 향기
햇빛 가려 열기 막아주고
자연이 만들어 주는 산들 바람
아낌없이 선물하는 부채 바람

이곳이 바로 지상낙원이라
편안히 쉬어가도록 베풀어 준다
숲속의 나뭇잎 부채
고마워

아내의 자가용 보조 보행기

우리집 현관 앞에 있는
아내의 자가용 보조 보행기
24시간 대기하고 있다.

아내가 문밖으로 나갈 때면
반드시 동행하며
불평 한 번 없는 안전돌보미.

산책길도 함께하고
쉬어 갈 때면 의자로 변신하며
가게에 가 물건을 구입하면
제 몸속을 내어 주고 같이 온다.

언제나 변함없이 동반자되어
동거동락 하는 보조 보행기
오늘도 아내와 함께 외출중이다.

암을 극복하고 나서

2014년 5월 위胃에 악성세포가
침입하였다는 청전벽력같은 소식에
암세포와의 싸움이 시작되었다.
수술 결과는 양호하였지만
위를 10분의 4를 절제한 상태
66kg의 체중이 52kg로 감소
피부색도 변하고 피골이 상접하니
앞이 보이지 않고 불안한 마음
수술 10일만에 퇴원하면서
나름대로의 상식과 식이요법으로
음식의 종류, 질, 양을 조절하며
오로지 몸관리에 시종일관
3년이 지난 후부터
체중도 약간 늘고 피부색도 회복 징조
회복되어 가면서 5년만에
의사의 완치확인을 얻었다.
새로운 삶을 얻었으니 시종여일
몸관리에 더욱 매진하면서
편안한 마음으로 여생을….

오늘 나는 천사를 만났다

전날의 여독을 풀기 겸하여
평소처럼 찾은 유성 온천장
목욕을 하고 있는 나에게
깡마른 내몸에 연민을 느꼈는지
생면부지의 손님이 목욕타월을 갖고와
"등을 닦아 드리겠습니다"
시원하게 등을 닦고 나서
"끝났습니다" 한 마디 하고는
닦은 수건도 주고 자기자리로 가버렸다

고맙다는 인사도 못하고
뒷모습을 보니 초로의 신사인 듯
진심으로 베푸는 공덕을
흐뭇한 마음으로 받기만하였다
내게는 더없이 고마운 분
오늘 나는 아름다운 천사를 만났다

2022. 4. 28

우리집 할멈의 가훈

자손들이 모이면 언제나
당부하는 말 "우애 돈독"이다.

가족이 화목하고 편안하려면
내외지간은 물론이며
형제자매, 일가친척 모두가
우애를 돈독하게 하면
가정의 평화는 필연이요
행복도 함께 얻어지는 것이니
매사가 만사형통할 것이다.

할멈의 간절한 소망(가훈)이
자손들에게 바르게 전해져서
온 가정이 두루두루 화목하니
家和萬事成이지요.

오늘도 집안 구석구석에
행복한 하루가 밝았습니다.

핸들이여 안녕!

아~ 애석하도다.
운전면허증과 찰떡같이 맺어진 인연
동고동락한 세월이 꿈같이 흘러갔구나
퇴직 후 남은 여정을 안빈낙도하렸는데
미수(88세)인 올해 뜻밖에 병마에 시달려
자의반 타의반 핸들을 놓았네

그 동안 행복했는데
이렇게 빨리 다가올 줄 몰랐어
전국 팔도강산을 누비고 다닌지 30년
사고없이 고락을 함께하였으니
더 이상 바랄 것 없이 좋은 인연이었어

아쉽고 서운한 마음이야
어찌 필설로 다하리오
그리움과 추억은 가슴속 깊이 간직하리다.
핸들이여 안녕!

4부
흐르는 세월

걸어온 인생행로

한치 앞도 모르는 미지의 길.
평생을 쉬지 못하고 걸어 왔네요.
어떻게 걷느냐에 따라서
일생의 행로가 좌우되는 길.
모두가 걸어야만 하는 인생행로.
구십 고갯마루에서 뒤돌아 보니
장구한 세월 같은데 찰나의 시간이었네.
이제야 어렴풋이 온길이 보여요.
주어진 대로 선택없이 걸어온 길.
보람을 느끼는 삶의 희열을
함께 나눈 때도 있으나
고비마다 피할 수 없이 감내하기 힘들었던 사연들.
운명으로 여기고 걸어온 인생항로.
아쉬운 점도 있으나 후회는 없다.
나름 최선을 다했노라 자위하면서
지금까지 걸어온 길위에서 부딪쳐온
온갖 희비 쌍곡선도 모두가
한낱 추억으로만 존재 하는 것을…

그게 아니었는데

한번 사는 인생살이
기왕이면 멋지게 성공하여
행복한 삶을 영위하면서
사회에 보탬이 되도록 하는 것이
본디 삶의 지향이라면
모래위의 발자국처럼은 되지 않으려.

수많은 이웃들과 인연 맺어
서로 돕고 도움 받아 가면서
세파를 헤치며 살아야 했기에
무작정 앞만 보고 살아왔다.

어느덧 종착역에 도착하면서
지나온 발자취를 뒤돌아 보니
고비고비마다 도움을 받았으나
고마움을 미처 헤아리지 못하였으니
미안하고 죄송할 뿐이다.

진심으로 그게 아니었는데!

기러기 날아드니

어제밤에는 소슬바람이
얄미웁게도 불고 지나가더니
기러기떼가 반갑게 찾아오네

짧아진 가을철을 밀어내고
또 한 해가 저물어 가는구나

올해도 변함없이 일열 횡대 무리지어
구만리 장천 멀고 먼 길
잊지 않고 또 찾아오네

반갑지 않은 동장군도 뒤따라 오겠지

일년을 학수고대한 갈대숲도
새손님 맞이에 바쁘겠구나

내년 춘삼월 해동할 때까지
즐겁고 편안하게 잘있다가
다음을 기약하면서 돌아가가는 먼 여정

무탈하기를 두 손 모아 바랄뿐이다

만시지탄 晚時之歎

어릴 적부터 하고 싶었던 일
글쓰기 공부
뒤늦게 나마 시인이 되고
시집도 한 권 출간하였다.

늦었지만 지금부터라도
최선을 다하려 하는데
건강이며 체력은
소진되어 가고
나래를 펼칠 힘 마저 없으며
사고력 마저 메말라 가고 있으니
어이 할거나!

좋은 글 후대에 전하고 싶었는데
기회조차 저 멀리 떠나가고 있다.
지나온 길 새삼 뒤돌아 보며
아쉬움에 한탄만 하네.
아~ 애석하다!

번개같이 살아왔네

호랑이 담배 먹던 그 시절
원시적 시대에 태어나
개화문명 모르고 자라나
호롱불 밑에서 한문공부하고
짚신 신고, 고개 넘고, 내 건너
왕복 30리길 초등학교에서
신학문 처음 배웠다

뒤돌아 보니 막내가
벌써 환갑이 지났다
무엇이 그렇게 급하여
이렇게 빨리 달려왔나

지금은 자동차 타고 학교 다니며
컴퓨터로 공부하고
로봇이 일해주며
핸드폰으로 매사를 처리한다

우리들의 할머니, 어머니들이
휘영청 밝은 달이 떠오르면

소원성취 빌고 빌던 그 달에
로켓 타고 다녀오더니
우주공간에 정거장도 만들었단다

꿈같은 삶을 살고 있다
초현대 과학문명 세계에서
수세기를 단숨에 지나온 것 같다
멀리 빨리도 달려왔다
시속으로는 몇 킬로로 달려온 것일까?

세 발 인생의 넋두리

어느날 불현 듯 예고도 없이
내가 세 발 인생이 되어 있었다.
받아 들여야 할 현실
지팡이에 의지하는 처지가 된 삶.

보행시에 몸의 균형을 잡아주며
때에 따라 가끔은 호신용이 되고
손의 보조자 역할로 도움을 주는 너
서로 필요한 동반자가 되어
일심동체로 동거동락한다.
똑. 딱. 똑. 딱. 리듬 맞추어
오늘도 함께 걷고 있다.

이제는 떨어져서는 안 되는 인연
사는 날까지 동행해야할 친구
잘 부탁하고 사랑한다.

세월이 갈수록 그리움만 쌓이네

해가 갈수록 그리움만 쌓여
시도 때도 없이 사무치게 그리울 줄을
예전에는 미처 몰랐습니다.
조부모님, 부모님의 하해같은 은혜
보답할 길 없음에 사무치며
세월 따라 그리움만 더해 갑니다.
형, 누님들 혈연으로 맺은 남매간의 애정
일방적으로 누리기만 하였음에
뼈져리게 그리움 되어 사무칩니다.
고향의 죽마고우 인연으로 맺은 벗들
사랑과 우정으로 함께한 그 시절이
그리움 되어 사무칩니다.
사회생활 동안 맺은 선배, 동료, 후배들
희노애락을 함께 나눈 그 시절이
오랜세월이 흘러 갔건만
그리움 만은 변함이 없습니다.
인간지사 새옹지마라 했던가요
남은 것은 결국 그리움 뿐이네요.

소시적 꿈은 알차게 꾸었는데

정규과정 학문의 길은 못 걸었지만
소시적 꿈만은 알차게 꾸었으니
후세까지 발자취가 남을 수 있는
한고을의 관리자가 되려하였다.
한데 거칠은 세파에 부딪치면서
녹록지 않은 현실의 장애가
수시로 앞길을 막고 있었으나
그렇지만 애당초의 꿈을
포기할 수는 없는 것이니
최선의 노력을 다하여
4급 공무원으로 정년퇴직하고
팔십대 후반에 시인이 되었으며
상이군경회 중앙회 대의원에 피선
4년간의 임기를 마치였으니
능력이 여기까지인 듯
이제와사 뒤돌아 보니
일장춘몽이로세

"아버지"라는 이름의 무게는

얼마나 무거운 것인가
천근? 만근?
아버지라는 이름의 무게는
자식들이 마음으로 느끼기에는
하늘보다도 높으며 바다보다도 깊다고 한다.
수치로는 계량할 수 없는 것이니까

아들 딸이 모두 성장하여
품 안에서 떠나 자립할 때까지
뒤 돌아볼 여유없이 오로지
일구월심으로 앞만 보고서
자식들 앞길에 행복만 가득하기를
학수고대하면서 살아온 세월

그 세월은 흐르고 또 흘러 어느덧
짐 내려놓을 시점에 도달하니
그동안 지고 온 무게에 짓눌리어
두 어깨는 이미 처져 있으며
검은 머리는 백발이 되었고
허리마저 굽어 보행도 힘들어

지팡이에 의지하기에 이른다.

이제는 긴– 터널에서 벗어나
안도하는 마음으로 그동안
살아온 세월을 되씹어 보면서
모든 것 다 내려놓고
멀고도 먼 여행길 차분하게 준비해야 한다.
이래서 일생은 일장춘몽.

차가운 가을비 내리니

어제, 오늘 양 이틀 간에
차가운 가을비가 제법 많이 내리더니
바깥 날씨가 꽤 을씨년스럽다.
다가오는 겨울철을 맞아
살아있는 생명체들은 저마다의
삶의 방법대로 월동준비하겠지
한 해의 결실을 마무리 해야 하는
농부들도 바쁘게 서두를 것이며
겨울잠 자는 동물들은 잠자리 찾아가겠고
고운 옷 벗어놓고 내년을 기약할 나무들은
마지막이 될 단비를 맞았으니
자양분 흡족하게 머금고서
편안히 겨울잠을 준비하겠지
해마다 찾아오는 철새들
깃털이 젖으면 오는 길에
불편하지는 않을는지 공연스레 노파심이 든다
구만리 장천을 날아오는 영리한 새들이니까
지혜롭게 무사히 찾아오겠지!

찬이슬 내리는 계절이 오면

북쪽의 찬바람이 내려올 때면
기다렸다는 듯 찬이슬되어
새벽잠 마다하고 일찍 일어나
영롱한 은구슬 가슴에 품고
어느 가냘픈 풀잎 끝에 매달려 뽐내다가
해가 중천에 오기도 전 사라지지만
내일도 모레도 날마다 찾아올 것을 기약한다.
찬서리 내리기 전까지.
이때가 되면
따뜻한 봄 어느날 멀리서 찾아온 제비는
한여름 내내 길러낸 식구와 같이
머나먼 강남 땅으로 돌아가고,
구만리 장천을 날아 찾아오는
진귀한 손님 기러기가 채운다.
이른 봄부터 땀 흘리며 일구어 놓은 농민은
알알이 영근 곡식을 수확하는 계절이고,
영원히 이어져 오는 자연의 이치다.
세상은 그래서 찬이슬과 함께 아름답다.

흘러가는 구름

흘러가는 구름은 만능 요술장이
흘러 가면서도 잠시도 쉬지 않고
온갖 만물의 형상들을
만들었다 지우기를 반복한다.

그중에도 한여름 오후 서쪽 하늘의
뭉게구름은 황홀의 극치다.
고향마을 뒷동산 잔디 위에 누워
흐르는 구름을 벗삼아 지향없이
바라보던 10대 시절이 아련하다.

종교인, 문인, 철학자 등, 많은 선인들이
순간순간 생멸하는 구름을 보며
인간의 일생에 비유하여
명언과 글을 남기여 전해 오고 있다.

너무도 짧은 아쉬운 동행

1.

영면하신지 벌써 75년의 세월이 화살과같이 빨리도 지나갔네요. 아버지! 그동안 한 번도 불러보지 못하였으나 어쩐지 오늘은 허공을 향하여라도 불러보고 싶어집니다. 아버지~!

하늘이 맺어주신 부자지간의 소중한 천륜 오래오래 천수를 다하도록 모시고 효도하며 살고 싶은 것이 모든 자식들의 하나같은 바램일진데 저는 지극한 사랑만 받았을 뿐 자식으로서의 도리를 베풀 수 있는 기회마저 갖지 못하고 이 생에서의 인연이 다하고 말았습니다. 그때는 생로병사에 대한 관념조차도 없었을뿐더러 아버지께서 그렇게 일찍 돌아가실 줄은 상상도 못하였으므로 그날도 평상시와 같이 들에 나가 농사일을 돕고 있다가 급한 연락을 받고 집에 도착하니 아버지의 병세는 이미 위중한 상태로 매우 고통스러운 듯 한마디 말씀도 못하시고 홀연히 눈을 감으셨습니다. 순간 청천벽력이었지요. 너무도 짧은 부자지간의 인연이 허무하게 끝나버렸으니 낳아주시고 지극정성으로 길러주신 은공을 보답할 길이 없어 평생동안 죄책감을 가슴에 묻고서 살아왔습니다.

2.

부모님의 사랑을 처음 자각한 것은 내가 왼손잡이로 태어나 모든 생활을 왼손 위주로 사용하는 것을 보시고 사나이가 사회로 진출하여 왼손으로 수저와 붓대를 잡는 것은 절대 안 되는 것이라고 끝까지 교정되도록 지도하여 주신 결과, 식사하는 것과 글쓰는 것만 오른손으로 하고 그 외는 지금도 왼손으로 생활하는 양손잡이로 살아온 것은 아버지의 자식사랑의 첫 번째이며『천자문』책을 가르쳐 주시고 책을 완독하였을 적에 이웃 친척들과 함께 떡과 술을 빚어 "세책례"를 마련, 축하하시며 자식의 앞길에 영광만이 있기를 기원하여 주신 것이 아스라하게나마 지금도 기억에 남아 있습니다. 이어서 글공부를 지속하도록 제법 먼 거리의 이웃마을 서당에 입문시켜 주시고 매일 아침저녁으로 제 손을 잡고 함께 다니셨으며 서당 4년, 초등학교 6년 졸업까지 남다른 애정으로 보살펴 키워 주셨으며 초등학교 1학년 7월 22일 신축중인 아래채 상량식 날 대들보의 상량식 축문을 아버지께서 쓰지 않으시고 어린 저의 재능을 믿고서 "네가 한 번 써봐라" 하셔서 써넣은 글씨가 대청마루 대들보에 남아 있습니다. 그러나 그 재능을 이어가지 못한 점 후회로 남네요. 그후로 진학문제 때문에 고민하고 있을 때에는 재넘어 청양군 화강리에 있는 서당에 입문하여 시간을 갖고 장래문제를 생각하도록 해주셨는데 운명의 장난인가요? 다음 해 늦은 봄 아버지께서는 급성 복막염으로 홀연히 하늘나라로 가셨습니다.

3.

하지만 끝없는 자식사랑은 하늘나라에 가신 후에도 이어졌으니 영면하신지 4년이 지난 해에 군에 소집되어 신병훈련이 거의 끝날 무렵 어느날 꿈속에 너무도 생생한 생전의 그 모습으로 전연 불가한 면회를 오셨습니다. 먼 제주도까지 오시느라 여독이 심하신 듯하여 서둘러 절차를 밟고 처음으로 아버지를 업고서 외박을 하고 작별하였지요. 그 후 7개월 뒤, 최전방에서 복무하고 있던 어느 날 적진에 침투하라는 작전명령이 하달되어, 생의 마지막 날이 될지도 모르는 그날 밤 꿈에도 전연 불가능한 최전방 작전지구까지 두 번째로 찾아 오시어 토굴에서 함께 주무시고 헤어졌지요. 그런데 바로 그 시간에 고향에 계신 어머님 꿈에서도 자식의 위급한 상황을 전하셨음을 제대하고서 알게 되었습니다.

4.

막사에서 아버지와 헤어지던 날 새벽에 적진으로 진격, 작전중 부상을 당하였으나 불행중 다행으로 손과 발에만 상처를 입어 자력으로 적진을 탈출하고 육군병원에서 치료한 후 제대하였습니다. 1년 뒤에 공무원 시험에 합격하였고 반년 뒤에 보령군청에 임용된 후 40년 만에 서기관으로 정년퇴직하였습니다. 퇴직 후에는 이루지 못한 꿈을 실현하기 위하여 노력한 결과 시인으로 등단하고 시집도 한 권 출간하였습니다. 최근에는 두 번째 책을 내려고 준비하고 있습니다. 기뻐하여 주세요.

이 모든 것이 아버지께서 이승에서부터 저승에 가신후까지 베풀어 주신 은덕으로 지금까지 부끄럽지 않은 삶을 살아왔습니다. 자식으로 태어나서 하늘이 맺어준 도리를 베풀 수 있는 기회마저 얻지 못하고 죄지은 심정으로 살다 보니 점점 그리움만 더해 가네요. 인자하셨던 그 모습도 사진 한 장 없으니 이제 점차 어슴프레하게 가물거려져 갑니다. 위급할 때마다 보살펴 주시던 그 모습처럼 꿈 속에나마 한번이라도 더 뵙고 싶습니다. 아버지!

2022. 5. 8 어버이 날에 불효자 성배 올림

부치지 못한 편지

그리운 벗 오형, 그간에도 변함없이 학업에 충실하겠지요. 학교에서 쓸쓸하게 작별하고 떠나온 후 소식이 두절되어 궁금하였습니다. 오늘밤은 유난히도 고요한 밤입니다. 심술궂게 불던 바람도 무정하게 내리던 비도 이제 지쳤는지 잠시나마 고요히 잠이 든 듯 합니다. 이 세상에 존재하는 모든 것들도 따뜻한 여인의 마음씨 같은 보드러운 꿈속에서 잠들고 있겠지요. 언제나처럼 내 책상 위의 유일한 탁상시계의 초침소리와 멀리서 들려오는 개 짖는 소리, 그리고 어두운 밤 하늘을 정처없이 울며 날아가는 기러기 소리만이 고요한 밤의 적막을 깨트리고 있네요. 그리고 가끔 들려오는 이름 모를 산새의 애절한 울음소리가 심란한 나를 더욱 괴롭게 할 뿐입니다.

졸업을 3개월 앞두고 수업료가 체불되었다는 이유로 강제퇴학을 당하였으나 아직은 내 가슴속에 사라지지 않는 학창시절의 이모저모와 학우들의 명랑하고 활발하게 학교 생활하는 모습이 수시로 떠올라서 더욱 나를 힘들게 하고 있습니다.

아무 것도 이루어 놓은 것이 없는데 속절없이 또 한해가 아쉬움 속에 저물어 가고 있네요. 같은 시대 같은 땅위에서 살고 있는데 왜 사람마다 불평등한 환경 속에서 이와같이 고통을 겪으면서 살아야 하는 건가요. 세상이 원망스럽습니다. 가슴 속에 가득히 쌓여있는 한많은 심정을 오형만은 이해하여 주리라 믿으면서 넋두리 하고자 말은 못하고 편지로 쓰고 있습니다.

　모든 것이 부족한 이 벗은 지금까지 아무런 계획도 없는 상태에서 언제나 마을 건너편 '오서산'만 하염없이 바라 보면서 쓸쓸히 하루하루를 소일하고 있습니다. 하지만 참되고 아름다운 우정을 갖고 있는 우리 두 사람이기에 오형만은 지금은 비록 쓸모없는 낙오자 신세가 된 부족한 벗이지만 끝까지 믿어주고 변하지 않겠지요. 그래서 우리들의 우정은 영원히 변하지 않으리라고 굳게 믿으면서 어떠한 난관이 앞길을 가로막을 지라도 이를 극복하며 열심히 살아갈 것입니다. 나의 작은 이 가슴속에는 젊음의 피가 끓고 있으며 아무리 험한 길이라도 헤쳐 나갈 수 있는 용기와 자신감을 갖고 있으니까 반드시 성공할 것입니다. 아니 꼭 성공하고야 말 것입니다. 기필코 그날이 오리라 굳게 믿으며 꿈이 이루어 지는 그날 다시 만나서 두 손을 꼭 잡도록 다짐하고 노력하겠습니다.

　속절없이 흘러내리는 피눈물을 가슴으로 삼키면서 서로 작별인사 하고 헤어지면서도 그래도 학교에 대한 미련이 남아서 몇 번이고 뒤돌아 보면서 마지막이 될 학교 교문을 나온지도 벌써 4개월이 지나갔네요. 그때가 녹음이 짙어져 가는 7월 상순이었지요. 그런데 가을도 끝자락 겨울이 되었습니다. 오늘도 언제나처럼 저녁밥을 먹고 나서 사

랑방 툇마루에 걸터앉아 비구름이 짙게 드리운 하늘만 넋
놓고 하염없이 바라봅니다. 황혼녘 적막이 사정없이 나를
감싸면서 감내하기 힘든 외로움을 노래에 실어 흥얼거리
다가 문득 오형의 모습이 떠올라 이 글을 쓰고 있습니다.
이해를 바랍니다.

  환절기에 건강에 유의하고 꼭 성공하여 웃는 낯으로 다
시 악수할 때를 꿈꾸면서 그날을 두 손 모아 기원합니다.

4284. 11. 비오는 밤에
청소면 야현리 오병환 兄에게

예당 저수지를 다녀와서

1.

정부의 식량증산 정책에 따라 도내 예산군, 홍성군, 당진군(호서평야)내의 광활한 농토를 몽리지구로, 농업용 수리시설로 축조한 국내 최대의 저수지로서 지역발전에 직.간접으로 많은 변혁을 일으키고 있다. 내가 건설국에서 지역개발업무를 담당하기 전까지는 그 지역을 지나는 경우도 주마간산 격으로 지나면서 다만 전국적으로 낚시 애호가들의 유명한 낚시터 정도로만 인식하였다.

그후 관광과에 근무하게 되면서 다시 저수지 주변의 관광지 개발에 대하여 구체적으로 추진하여 도내에서 처음으로 국민 관광지로 지정하는데 실무를 수행하였다. 정년 퇴직 하고서 아내와 함께 주유천하하던 중 그 지역을 지나게 되는 계제에 들러 보았다. 10년이 넘는 세월이 지났는데 그간 공원으로서의 기본시설을 갖추고 계속 공사가 진행중이고 깨끗하게 관리되고 있는 것을 보고 돌아 왔다. 그런데 금년 초에 그 저수지에 동양 최대규모의 출렁다리(402m)를 설치하였다는 소식을 매스컴을 통하여 접하고 나니 20년 동안 잊고 있었는데 다시 생각이 떠올라 기회가 오면 가보고 싶어졌다.

2.

마침 도청 행정 동우회 2019년 가을 나들이를 예당 저수지로 결정하였다는 통지를 접하였다. 나들이 가는 것은 어른이고 아이고 모두에게 즐거운 일. 당일 아침 일찍부터 설레는 마음으로 서둘러 지정된 장소에 가서 맨앞의 1호 차에 승차하고보니 벌써 10여 명이 자리를 잡고 있었기에 반갑게 인사를 나누고 좌석에 앉았다.

잠시후 자리가 거의 차고 예정된 시간에 차는 출발하였다. 일행 모두가 청춘을 바쳐 충남 도정의 일익을 맡아 당당하게 일해 온 역전의 일꾼들이었는데 오늘따라 차안의 공기는 차분하게 가라앉아 있다. 몇해 전만해도 출발 때부터 스피커에서는 트로트 노래소리가 요란하게 흘러나오고 입담좋은 사람들은 잡은 마이크를 놓지 않으려 했는데 그 흥겨웠던 시절은 자취를 감추고 겨우 옆사람과 도란도란 이야기 나누는 것이 고작이고, 창밖의 가을풍경을 보는 사람들과 아침부터 눈을 감고 명상하는 사람들도 간혹 눈에 들어왔다.

3.

세월의 무게에 눌려 침묵이 흐르는 동안 차는 목적지에 도착하였는데 앞에 많은 차에 밀려서 할 수 없이 하차하여 2,3백 미터를 걸어가서 현지에 도착하는 순간 내 눈을 의심하지 않을 수 없었다. 주변의 옛 모습은 간데 없고 크고 작은 건물들이 저수지 주변에 마을을 형성하고 있고 도로

가 사통팔달로 개통되어 있었다. 다리가 개통된지 이제 겨우 6개월 지났고 평일인데도 이와같이 관광객이 전국 각지로부터 찾아와 인산 인해를 이루고 있었다. 각종 차량들은 도로를 꽉 메워서 뒤엉켜 혼잡의 극치를 이루고 많은 질서요원을 배치하여 질서정리를 하는데 땀을 뻘뻘 흘리고 있는 바 마치 어느 큰지역의 저자거리가 연상되었다. 호수 위에 설치한 동양최대라고 하는 이 출렁다리는 규모도 웅장하게 보이며 미관상으로나 주변과도 잘 어울리는 아름다운 시설이라고 생각되었다. 당초에는 순수한 농업용 저수지로 축조하였는데 이제는 황금알을 낳는 시설물이 되어 지역발전의 큰 몫을 하게 되었다. 다리를 걸어 보기 위한 인파로 자연스럽게 밀려서 한 줄로 우측통행하게 되었다. 나도 인파 속에 끼어 다리에 오르는 순간 현기증 증세가 재발하여 하는 수없이 포기하고서 일시 외톨이가 되었으나 집행부의 배려로 합류하였다.

예약된 우리 일행의 점심 식당은 저수지 주변에 자리잡고 있는 여러 식당중 외딴집(2층)인데도 매일 평균 1,000여 명의 손님을 접객하고 있다 하니 지역발전에 미치는 영향이 얼마나 지대할 것인지 예측이 된다. 식사는 미리 마련된 지역 특산물인 메기 매운탕으로 흡족하게 포식하고 잠시 쉬었다가 승차하여 대전을 향해 출발하였다.

4.

귀로에는 세종시에서 최근에 신축 개관한 역대 대통령

들의 기록물을 전시관리하는 곳을 방문하였는데 둘러본 소감은 웅장은 하지만 텅빈 창고를 본 듯하여 많은 아쉬움만 남기고 개통한지 불과 얼마되지 않은 새로운 길 세종시에서 대전역까지 버스전용 급행도로를 경유하면서 거의가 초행길이라서 세종시의 급속한 발전상에 찬사를 아끼지 않았다.

   오늘의 나들이는 집행부 여러분께서 평생동안 몸에 밴 솜씨로 가급적 편안하게 즐길 수 있도록 계획하고 실천해주어서 편안하게 하루를 소일하였다. 그리고 다시 한 번 예산 군민들의 민관 일체로 지역발전을 이룩한 노고에 뜨거운 찬사와 박수를 보내고 싶다. 우리 일행이 탄 차량들이 종착지 대전에 도착할 즈음 해는 이미 서산 마루에 걸쳐 있으며 붉게 물든 노을빛이 이날 따라 유난히도 을씨년스럽게 서쪽 창문을 비추고 있었다. 쉼없이 흘러가는 인생무상함 앞에 지난 세월 동안 맺어온 많은 인연들이 새삼 오늘 따라 다시 떠오르는 찰나의 시간이기도 하였다. 뜻깊고 즐거운 하루였다.

모처럼의 대천 나들이 소고

　근 10년 동안 갖가지 병마와 시달리다 보니 변변한 나들이 한번 못하고 칩거생활하면서 질병치료에 전념하다가 지난해 후반부터 건강이 호전되어 체력도 테스트할겸 모처럼 만에 고향 나들이를 하기로 큰아들과 상의하고 실행하기로 하였다. 그러나 내 체력의 현상태를 나도 알 수 없어 방향만 정하고 목적지는 정하지 못하고 가면서 체력을 감안하여 결정하기로 하고 설레는 마음으로 나들이 길에 나섰다.

　가는 길은 대전과 고향을 평생동안 왕래하던 공주 경유 주노선으로 한여름 찌는 더위에도 창문도 열 수 없는 비포장 길에다 아슬아슬한 큰고개 몇 개를 굽이 굽이 돌아서 하루해가 걸려 가던 길이 지난 해에 마지막 청양터널이 뚫리면서 두 시간도 채 걸리지 않는 길로 변한 36번 국도로 가고 귀가 길에는 40번 국도(부여 경유)를 이용하기로 하였다. 염려하였던 건강 상태는 생각했던 것보다 의외로 좋아서 무난히 오늘 하루 일정을 소화할 수 있을 듯하여 출발 전부터 가보고 싶었던 대로 대천 해수욕장에서 쉬었다가 지난해 말에 개통한 세계에서 5번째로 길고 우리나라 최장이며 최고의 시설을 갖추었다는 보령 해저터널을 통하여 태안군 고남면 영목까지 둘러보고 돌아오기로 하였다.

대천 해수욕장은 공무원생활을 시작하면서 인연이 되어 크고작은 무수한 추억이 쌓여 있는 곳으로 70년이 지난 지금도 수많은 추억들이 뇌리에 각인되어 있다. 그 시절에는 자그마한 여름 한철의 관광지였는데 현대화로 변한 도시로 탈바꿈되어 내 기억에 남아 있는 모습은 어디에서도 볼 수 없었으며 아름다운 추억이 어린 발자국마저도 그 흔적조차 찾을 길이 없었으나 고운 백사장만은 변함 없이 나를 반기고 있었다.

　오늘은 날씨도 모처럼 화창한 봄날씨에 바람도 잔잔하다. 사리때의 썰물이 멀리 빠져 나가 있어서 조금은 아쉬웠으나 그래도 탁트인 수평선에 찰랑찰랑하는 가벼운 물결소리며 까옥까옥하는 정겨운 갈매기 소리들로 환상적인 분위기에 취하여 무아지경 속에서 왕성했던 젊었을 때의 추억에 얼마동안 머물고 있었다. 낮익은 고운 백사장 모래위를 거닐면서 한시간 가량 머물다가 점심식사를 생우럭 탕으로 먹고서 예정대로 77번 국도의 일부로 작년 12월 1일 개통된 보령해저터널(6,927m)과 원산안면대교(1,750m)를 경유하여 영목항까지 주변경관을 둘러보면서 갔다가 돌아오는 길에 원산도 선촌 선착장에 들렸으나 그곳 역시 내 기억속의 흔적과는 너무도 상이하다. 다만 원산도 이곳저곳에서 굴삭기들이 부지런히 일하고 있으니 앞으로의 발전가능성을 목격하고 돌아섰다.

　귀가 길에는 예정대로 40번 국도를 이용하였는데 그 격에 비하여 구불구불한 옛길 그대로여서 아쉬움이 많은데

늦은감은 있으나 곳곳에서 노선개량 및 확장 공사가 진행
되고 있는 것이 목격되어 다행스럽지만 너무 늦은 감은 지
울수 없었다.

지금까지 살면서 걸어온 길의 아름다운 추억이며 인연
들을 회상하면서 즐기고 새로운 추억도 만들고 보람찬 하
루가 되길 기대하며 출발하여 이제는 한낱 추억의 일부로
승화시킨 즐거운 하루였다.

다행히 몸상태가 생각보다 나아진 것으로 확인되어 앞
으로의 생활에 자신감을 갖고 활동할 수 있게된 것이 제
일 보람있는 소득이며 모처럼 부자간의 많은 대화가 이루
어진 기회이기도 하였다. 오늘 하루 만족스런 성과를 얻고
노을지는 태양이 서산마루를 넘어갈 무렵에 가벼운 마음
으로 귀가하였다.

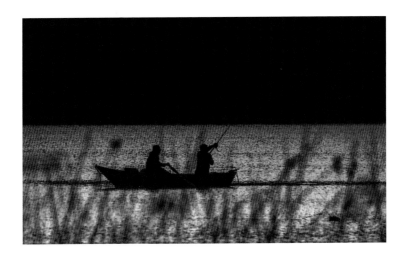

인연이 맺어준 또 하나의 인연

1.

90 고개를 넘으면서 뒤돌아 보니 만감이 교차한다. 지금
까지 살아오면서 많은 사람들과 인연을 맺고 상부상조하
면서 희로애락도 함께하며 후회없는 삶을 살아왔다. 소중
하지 않은 인연은 없겠지만 그래도 더 아름다운 인연으로
이어가게 되면 더욱 소중함을 느끼게 된다. 이은우 선생과
의 인연이 바로 그런 경우일 것이다.

같은 시기에 우연히 한 직장에서 근무하게 되면서 맺은
인연에 서로 살아온 환경이나 처지도 흡사하고 미래에 지
향하는 목표와 항시 처신하는 것이 유사하였기에 부담없
이 자연스럽게 믿음을 갖게 되면서 서로 격려하고 응원하
며 변함 없는 아름다운 인연을 이어왔다.

2.

세월은 흘러 정년퇴직하고 새로운 제2의 인생 길을 서산
과 대전에서 각자 정착하여 자기 재능을 십분 활용하여 남
은 여생을 지역발전에 도움이 되도록 알차게 영위하던 중
어느날 이은우 선생께서 평소에 나의 문학적 자질이 있음
을 알기에 "이제 남은 시간동안에 당신께서 살아온 발자취
를 정리하여 남기는 것이 의미가 있는 일이 아니냐"하며

더 늦기 전에 실천할 것을 간곡하게 권유하면서 자기 스스로 길잡이를 자처하는 것이 아닌가? 그러나 배움이 짧고 문학에 대한 전문지식이 없는 상태라서 잠시 망서렸지만 꼭 가고 싶은 길이었기에 쾌히 그 길을 택하면서 평생동안 쌓아놓은 지식을 활용하여 꿈을 이루는 기틀을 만들었다. 그리하여 2017년 가을에 꿈에도 그리던 길 늦깎이 시인으로 등단하고 살아온 길을 소재로 만든 첫 시집『발자취』를 출간하기에 이르렀다. 이는 이은우 선생의 아낌없는 지도와 협조가 있었기에 이루어진 것으로 우리의 인연은 더욱 돈독해지고 나에게는 잊을 수 없으며 잊어서도 아니되는 고마운 일이었다.

3.

2016년도 저물어 가는 12월의 어느날 이은우 선생의 소포 책자가 배달되어 왔기에 반갑게 개방하여 보니 지곡문학회가 발간한 문학지『지곡문학』제9호였다. 이제껏 내가 알고 있는 지곡면은 전형적인 농어촌으로 구성된 평범한 면으로만 알고 있었는데 지곡면 주민들이 외부의 도움없이 어려운 순수문학지를 정기적으로 매년 발간하고 있음에 감탄하였다. 정기적인 발간 작업에 따른 많은 어려움이 있었을 것이지만 계속하여 추진하고 있는 것을 보고 크게 감명받아 그 뜻을 전하게된 것이 계기가 되어 자연스럽게 새로운 인연을 맺게 되었고 이 또한 이은우 선생의 계획된 깊은 뜻이었음을 깨닫게 되었고 그저 고마울 따름이다. 어느덧 5년의 세월이 흘러 벌써 『지곡문학』 제13호를 받았으니 지곡문학과의 인연은 더욱 특별한 것 같다.

2020년에는 연초부터 "코로나 19"가 만연하면서 국내는 물론 온 세계가 유례없는 비상사태인 어려움 속에서도 차질없이 문학지를 발간하였으니 이는 회장님과 전체 회원님들의 단결된 힘으로 이루어낸 결실인바 그 노고에 진심으로 머리숙여 경의를 표합니다.

4.

지금까지 살아 오면서 수많은 인연을 맺었으나 세월이 흘러가면서 아름다운 과거사의 추억으로만 존재할 뿐인데 반해 가장 늦으막에 맺은 지곡문학회와의 인연은 더욱 알차게 계속 이어가고 있기에 더없는 행복함을 느끼고 있다.

그동안 지곡문학회의 배려로 나의 졸고도 함께 참여할 수 있었던 영광도 받았으니 이같은 기회를 만들어 주신 고 탄곡 이은우 선생님의 뜻깊은 배려에 그저 감읍하며 저를 따뜻이 맞아주신 지곡문학회의 무궁한 발전이 있기만을 기대하고 앞으로 더욱 아름다운 인연으로 발전하기를 바랄 뿐이다. 이것이 고 탄곡 이은우 선생님의 깊은 뜻이 헛되지 않도록 보답하는 길이 될 것이다.

고 탄곡 이은우 선생님의 깊은 뜻 진정으로 고맙습니다.

공직생활 40년의 회고

1.

퇴직한 지도 어느덧 30년이 되었다. 이제 뒤돌아 보니 철부지 시절의 꿈은 거창하였지만 현실은 녹록하지 않았다. 더욱이 6·25 한국전쟁때 큰부상으로 나아갈 길에 한계가 있었으나 운명처럼 공직자의 길로 정해졌는데 처음부터 부족한 점이 많은 처지에서 출발하였기에 고비마다 부딪치는 장애를 슬기롭게 대처하면서 대과없이 40년만에 정년퇴직하였다. 혈기왕성한 20대 중반에 몸담아 60대까지 모든 것을 바쳐 걸어온 길 보람으로 느끼며 기록으로 남기려 한다.

2.

공직자의 길을 택하게된 동기는 1954년 10월 제대한지 1년만에 보령군에서 실시한 읍, 면서기 자격시험에 수석으로 합격한 것이 계기가 되었다. 유능한 인재를 발굴 육성하기 위한 보령군 자체방침으로 채용되어 1955년 5월 군 본청에 임시직 공무원으로 발령받아 근무를 시작하였다.

그때는 채용시험이 없이 여러경로를 이용 임시직으로 우선 채용한 후 순차적으로 정규직 발령을 냈고 또는 하부기관에서 유능한 직원을 발탁하여 충원하기도 하였다. 그런데 나는 이유없이 3, 4차례 추월당하고 밀려있다가 뒤늦게 남포면 면사무소로 발령이 나면서 정규직 공무원이 되었다.

첫 업무가 초임자에게는 과분한 재무계 주임으로 근무하였는데 가을이 되자 국가 위임사무인 수득세(현재: 농지세) 조정시기가 되면서 관내 모든 이장들의 태도가 변하였다. 수득세는 매우 높은 세율의 현물납부 세로서 농민들의 관심이 컸고 이장들의 신상에 직결되는 사안으로 신경이 날카로웠다. 처음에는 물량공세를 하려다가 여의치 않으니까 최후에는 이장단 전원사퇴까지 거론되었다. 그러나 끝까지 대화하고 설득하면서 원만하게 처리하고 한 건의 불만사항이나 민원없이 조정업무를 마무리하였다. 뒤에 알았지만 연 3년간 재무계에서 사고가 발생하여 나를 적임자로 선택하여 발령하게 된 것이었다. 그 다음 해에도 잡음없이 원만하게 수득세 조정업무를 수행하였다.

이번에는 나이도 제일 어리고 경력도 짧은데 직제상 3위 서열인 서무계 주임으로 옮기게 되었다. 당시 국내정국이 불안정한 상태에다 3. 15 선거를 위시하여 연이은 선거로 최일선인 면에는 매우 어려운 때였다. 1년에 여덟 번 선거를 실시하였는데 입후보자들에게도 선거인 명부를 1부씩 지급하도록 되어 있어 입후보자가 많을수록 수작업인 선거인명부 작성에 시간과 노력이 많이 필요하였다. 최고 16부까지 작성한 경우도 있었으며 등록부터 투표까지 법정기간 내에 처리해야 하기에 꽉짜여진 일정에 융통성도 없는 감당하기 힘든 업무였다.

그 와중에도 더 성장하려면 상급기관인 군청에서 근무해야 하였기에 노력한 결과 면 근무 4년 만에 군청으로 발령받아 근무하게 되었다. 또한 군에서 근무하면서도 상급기관인 도청에서 근무하는 꿈을 위해 성실하게 근무하고 노력한 결과를 인정받은 것일까 도청에 발탁되면서 5년 7개월 만에 드디어 도청으로 발령받아 대전살이가 시작되었다.

3.

도청은 16개 관내 시군을 지도 감독하는 위치라서 직원들의 업무처리 수준과 안목까지도 하급기관과는 차원이 다른 높은 것을 직관하고 배우면서 업무에 임하고 노력한 바 점차 상사들의 인정도 받게되고 동료들과의 우정도 돈독해 지면서 3개 과를 거치고 네 번째 과인 사회과는 7급으로 승진하면서 옮기었다. 사무인수를 받고 업무를 살피는 과정에서 다중민원이 해결되지 않고 10여 년이 된, 고질적이 된 민원이 2건 있음이 확인되어 우선 이를 처리하기 위하여 외부자문까지 받으면서 10개월 만에 완전하게 종결처리하여 10여 년 만의 다중고질 민원을 해소하였다.

당시 총무처가 주관하는 제2회 전국 우수공무원 선발대회가 있어 수상 대상자로 지원한 결과 도내에서는 유일하게 대통령표창 대상자로 선정되어 1970년 10월에 서울 시민회관 대강당에서 국무총리로부터 표창장을 받았다.

이는 공직생활 15년 만이며 도청근무 4년 만에 이룬 가장 큰 영예이고 가문의 영광이며 승진에 있어서도 우선 순위자가 되는 것이기도 했다. 그러나 이번 기회에도 뒤로 밀리고 몇 달 후에야 본청이 아닌 대덕군청에 6급으로 승진 발령 받아 6년간 근무한 후 공직생활 21년 만에 첫 목표인 사무관(5급) 승진시험에 도전할 수 있는 기회를 얻어 보령군청으로 전근발령을 받게 되었다.

4.

고향을 떠난지 13년 만에 금의환향하니 일가친척은 물론 그간 살아오면서 인연이 되어 함께 지내온 모든 분들의 분에 넘치는 따뜻한 환영을 받으면서 포근한 고향의 품에 안착하였지만 첫째 과제인 사무관 승진시험이 고시에 준한다는 말도 있어 부담이 되었으나 평소 꾸준히 시험에 대비하며 준비하였다. 부임한지 3개월 만의 시험이었고 부담되고 긴장되었으나 주저없이 응시하고 무난히 합격하였다.

이제는 고향발전을 위해 미력하지만 최선을 다해 봉사하자. 지금이 마지막 기회라고 생각하면서 부지런히 일에만 매진하고 있는데 예고도 없이 타의로 부임 4년 반 만에 천안시청으로 전근발령이 났다. 순간 착잡한 심정에 당황하였으나 다시 도청으로 갈 수 있는 전화위복의 기회로 다짐하면서 부임하였으며 그후 연기군청을 거쳐서 9년 만에 도청으로 발령받고 중간관리자로 5년간 근무하고 1993년 6월에 정년으로 퇴직하였다.

5.

공직생활 40년은 일생에 있어 가장 혈기왕성항 기간으로서 나름대로는 열심히 살아온 듯하다. 살아오는 동안에 많은 사람들과 좋은 인연을 맺고 상부상조하면서 지나온 자국이 남은 뜻깊은 일들이 모두 아름다운 추억으로 남아서 주마등같이 머릿속을 스쳐가고 있다. 이제 남은 여생도 아름답게 마무리 되도록 노력하련다.

팔십 고갯마루에서의 回想

어지간히 나이가 들고보니 요즈음엔 불현듯 떠오르는 지난날의 추억에 잠기곤한다. 천학비재하여 부족함이 많은 생을 살아왔다. 그러나 지금까지 살아오는 동안 수없이 부딪쳐온 삶의 조각들. 또한 그러한 것들이 투시하는 단상들을 두서없이, 생각 나는대로 밟아 보려고 한다.

나의 유년시절에는 음악(성악)에 특출한 재능이 있으며, 창작 문학에도 신동 칭호를 듣고, 장래성이 돋보인다며 많은 귀여움을 받으면서 자랐다. 그러나 제반여건이 갖추어지지 못하여 혼자서 주경야독하다가 한국전쟁시 입대하여 전투중 심하게 전상을 입어 내 진로는 180도 바뀌게 되었다.

戰後 불안한 사회현실과 내 입장에서 공직자의 길을 선택할 수밖에 없었다. 공직자의 길도 생각보다 외롭고 힘든 길이었지만 꾸준히 공부하고, 연구 및 노력하여 7급 시절에 제2회 전국 우수공무원 시상식에서 대통령 표창을 받은 것을 비롯하여 많은 표창을 받으면서 성실하게 근무, 39년 간의 공직생활을 마치고 서기관으로 정년퇴직을 하였다.

退職後 인생 제2막에는 그동안 이루지 못했던 시인의 꿈을 이루기 위해 느리기는 하지만 차근차근 쉬지않고 걸어온 결과, 87세의 늦은 나이에 『화백문학』을 통하여 시인으

로 등단하고 첫시집『발자취』를 출간하여 꿈을 이루었다.

　人間萬事는 새옹지마라는 옛 선인의 말과 같이 같은 시대에 같은 땅을 밟고 같은 하늘아래에서 살고 있어도 삶에 대한 사람들의 감회는 같을 수가 없는 것이다.

　어느덧 80대 끝자락에 이르고 보니 때때로 지난날의 추억에 곧잘 잠기곤 한다. 마치 고갯마루에 올라가서 석양에 멀리 넘어가는 낙조를 하염없이 바라보고 있는 심정이라 할까?

　이런 때면 헤아릴 수 없는 추억과 回想이 내 마음의 골짜기에 흐르는 것을 느끼게 되며 人生은 有限한데 慾望은 無限함을 깨달으면서 유난스럽게 외로움을 타는 때도 있다.

　사람은 "나이가 들어야 철이 든다" 하더니 지나온 一生을 회고하니 좋았던 것보다 아쉬운 것, 후회스러운 것, 미련이 남는 것이 더 많은 것 같다. 그래도 더하고 싶은 욕망이 있는 것도 부인할 수 없는데 나에게 주어진 시간이 워낙 짧아서 아쉬울 따름이다.

　하늘의 뜻이 무엇이고, 땅의 헤아림이 무엇이며, 사람의 길은 무엇인지 이제 가는 길을 잠시라도 멈추고서 나물 먹고 물 마시고 팔베개 베고 누워 흘러가는 구름을 바라보며 흐르는 물소리와 불어오는 바람을 느끼는 심정으로 내 주위를 다시 돌아보고 생각하면서 남은 生을 아름답게 후회없이 매듭지으려 한다.

　젊은 날의 꿈은 열심히 뛰고 최선을 다하여 갈고 닦아 이

나이쯤이 되면 좀더 삶은 풍요롭고 윤택해져서 안락하고 행복한 가정은 물론 많은 사람들에게 도움을 베풀고 몸담았던 사회에 흔적을 남길 수 있는 삶을 바라고 살아 왔는데 결과는 一場春夢이었네. 문득 창밖을 내다보니 제야의 서설이 소리없이 날리고 있다. 속절없이 또 한해의 끝자락에 다달아 있구나 하는 생각이 밀려오면서 영국의 시인 '앨프리드 테니슨'의 시가 떠오른다.

> 황혼에 들려오는 저녁종소리
>
> 그뒤에 밀려오는 어두움이여
>
> 내배에 돛을달고 길떠날적엔
>
> 이별의 슬픔일랑 없기바라네

하루해가 지면 허전하고 아쉽기만 하듯 이제는 다시 못올 2018년 무술년도 저물어 감에 지나온 발자국을 뒤돌아보니 내 나름대로는 최선을 다한다고 노력하였으나 잘하고 좋은 일보다 아쉬우며 후회스러움이 밀물처럼 밀려온다.

회상컨대 무엇인가를 잊어버린 것도 같고 속아 살아온 것도 같으며 정신없이 바쁘기만 했던 시간들 그저 쫓기고 쫓아가며 살아야 했던 지난 세월이 주마등처럼 스쳐갈 뿐이다.

남은 여생은 내가 가장 좋아하고 애송하는 고려말 나옹선사의 선시를 좌우명으로 삼아 본받으며 살아 가려고 한다.

나의 애송 시
— 청산은 나를 보고

青山兮要我以無語 (청산혜요아이무어)
청산은 나를 보고 말없이 살라하고

蒼空兮要我以無垢 (창공혜요아이무구)
창공은 나를 보고 티없이 살라하네

聊無愛而無憎兮 (료무애이무증혜)
사랑도 벗어놓고 미움도 벗어놓고

如水如風而終我 (여수여풍이종아)
물같이 바람같이 살다가 가라하네

– 나옹선사 –

투병기

1. 건강의 변화

유소년기에는 비교적 건강하게 성장한 편이었던 것 같다. 여섯 살 때 서당 학동들의 봄 소풍에 참여하여 어른 학동들의 도움을 받아 오서산(790m) 정상까지 올라 갔으며 초등학교 졸업하던 해 늦은 가을 어느날에 십리가 넘는 청양군 화성면 화암리에 거주하시는 아버지 친구댁에 쌀 1가마를 지게에 지고가서 소금 1포대와 맞교환하여 지고 왔으니까.

그 후 군에 입대하여 최전방에서 전투중 큰 부상을 당하여 육군병원에서 5개월만에 명예제대를 하였으나 계속되는 후유증으로 홍성 도립병원에서 4회 입원하면서 수술을 더 받았지만 오른손은 엄지와 검지만이 사용가능한 상태로 일생을 살게 되었다. 제대 당시 체중이 54kg의 나약한 몸으로 나름대로 직장생활을 하면서 50대에 이르러 점차 생활이 안정되고 차츰 원래의 체중인 65kg으로 환원되었으며 정년퇴직 후에는 10여 년 동안 날씨나 계절을 가리지 않고 200여 회에 걸쳐 국내 명산을 등반하였으며 국내여행은 수시로 하였고 매년 1회씩 해외여행도 다니는 등 하면서 그동안 못한 책 천 여권을 읽었으며 참참이 시도 쓰면서 노익장을 과시하였다.

2. 투병생활

가) 정년퇴직 후 20년이 되는 2013년 가을부터 소화기
능이 저하되어 처음에는 동네 내과의원에서 진료하다가
보훈병원에서 진료하던 중 2014년 6월에 위암 초기 진단
을 받고 동월 17일에 충남대 병원에 위탁 입원하면서 22
일에 수술실에서 마취를 진행하던 중 마취 부작용이 발생
하여 수술은 중단되고 중환자실에서 몇 시간 후에 의식을
회복하고 28일에 일단 가퇴원하였다. 원인규명을 위하여
피부과에서 2회의 약물 반응검사를 실시한 후에 몸이 회
복되어 7월 22일에 다시 입원하여 23일에 무사히 수술을
받고 8월 1일에 퇴원하였으며 5년 후에는 완치 판정을 받
았다.

나) 퇴직 후 25년이 되는 2018년 초부터 호흡기에 이상
을 느껴 보훈병원에서 진료한 결과 늑막염으로 판명되어
충남대 병원으로 위탁, 그해 5월 15일에 입원 치료를 받고
10일만에 퇴원은 하였으나, 정확한 원인규명이 안 되어
그후 1년 동안에 2회의 검사를 하였으나 끝내 원인을 못찾
고 종결하였다.

그러나 2020년 8월에 늑막염이 재발하여 10월 26일에
다시 입원하여 진료한 바 의외로 심장기능과 연관이 있음
을 확인하고 치료 후 9일만에 퇴원하였다.

다) 2017년 봄부터 보행할 때 무릎에 통증이 있어 동네 정형외과에서 진료를 하고 한의원에서도 물리치료와 침도 맞아 보았으나 큰 차도가 없고 또한 양쪽 어깨에서도 통증이 있어 보훈병원 정형외과에서 어깨와 무릎에 대한 정밀검사 후 2018년 7월부터 2020년 10월까지 처방 약과 주사치료를 병행한 결과 무릎과 어깨의 통증이 완치되어 일상생활과 보행이 자유롭게 되었다.

라) 2018년 3월부터 소화기능이 악화되면서 나중에는 냉수만 먹어도 설사하여 동네 내과에서 약물치료하였으나 효과가 일시적 뿐이라 한의원에서 한약과 침으로 치료를 하던 중에 2020년 9월 손자의 추석선물인 유산균제품을 복용한지 20여일이 경과하면서 소화기능에 약간의 변화가 있어서 한의사님에게 말하였더니 원인은 장내의 유산균이 절대 부족한 때문이라고 결론지어 주셨다. 그 후 계속하여 유산균을 복용한 결과 발병한지 3년여 만에 소화기능은 정상이고 유산균은 계속 복용하고 있다.

마) 2019년 10월 2일 아침 잠에서 깨어나니 어지러움이 심하여 구급차로 보훈병원 응급실에서 응급치료 후 신경과부터 몇 개과에서 진료하였으나 원인규명이 되지 않아서 2020년 9월 25일 충남대 병원으로 위탁진료로 검사를 진행한 결과 11월 25일에 의외로 빈혈증상과 혈액(골수형성 이상 증후군)에 원인이 있음이 확인되어 지금까지도 계

속 치료 중인데 검사과정에서 젊은 사람도 힘들다는 골수 검사를 의사도 주저하면서 실행하였다.

바) 2019년 2월 하나 남은 치아마저 부러져 치료하면서 틀이를 다시 만들어야 했기에 2020년 4월까지 16회에 걸쳐 마무리하였지만 지금도 음식은 자연스럽게 먹지 못한다.

사) 눈에도 이상이 있어 보훈병원에서 진료한 결과 백, 녹내장으로 진단. 충남대 병원에 위탁진료로 2020년 1월 17일에 오른쪽 눈, 2주 후에 왼쪽 눈을 백내장 수술을 하였는데 그 과정이 너무 힘들었다. 서로 다른 여섯 가지의 약물을 수술 전과 당일, 그리고 수술 후 1주일 간을 아침부터 밤까지 시간별로 주입하는 것을 한 달 동안 하였다.

아) 8년 전부터 전립선에 이상이 있어서 보훈병원에서 진료 및 치료를 받으면서 약을 복용하고 있고 매년 1회 정기적으로 종합검사를 받고 있다. 그리고 손톱과 발가락에 무좀이 심하여 2020년 7월부터 보훈병원에서 진료 후 무좀약을 복용하고 있으며 2020년 가을부터 온몸에 각질이 심해 지고 특히 얼굴에는 매일 눈이 오는 것 같이 매우 심하여 2021년 5월 27일 보훈병원 피부과에서 진료한 바 노화현상이라며 시중에서 베이비 로션을 구입하여 바르라하여 실행하고 나니 효과가 좋아 지금은 각질도 발생하지 않고 피부도 좋아졌다.

3. 지금은

지난 8년 동안 머리에서 발끝까지 신체 각부위에 2중 3중으로 병마가 침입하여 수시로 오는 고통을 참지 못하고 나약해질까봐 스스로 마음을 다잡으면서 병관리에 최선을 다하였다. 그 동안 병치료를 위해 다닌 병.의원이 7개소이다.

보훈병원은 70여 회를 하루에 보통 3~4개 과를, 많을 때는 5~6개 과에서 진료하는데 대부분 오전에 끝나지만 아침 일찍 가서 저녁 늦게까지 진료받은 적도 수차례 있었다. 충남대 병원은 60여회 진료하였으며 별도로 입원치료를 4회에 41일 하였다. 그리고 두 병원에서 각종 기구의 촬영과 검사는 셀 수 없이 많았다. 그 외로 동네의원에서 20여 회, 한의원에서 50여 회, 치과의원 16회의 진료를 받았다. 그 결과 위암 수술 후 체중이 65kg에서 55kg로 줄었으며 지난 4년 간의 병고에 48kg까지 줄었는데 최근 회복되어 52kg 전후에 머물고 있다. 다만 전립선 약과 심장 약은 계속 복용해야 하고 안압조절을 위한 녹내장 예방약물은 계속 주입하여야 된다.

지난 8년간 지긋지긋하게 병마에 시달려 피골이 상접하였으며 내가 보기에도 망측스러운 상태다. 망가진 육체에 정신적으로도 많이 지쳐있는 상태인데 다행스럽게도 그간의 긴 병마의 터널을 벗어나는 듯하여 마음이 편안해진다.

이제는 고통스러웠던 일은 하루빨리 잊어 버리고 안정된 마음으로 여생을 마무리 하고 싶다.

일기

흘러간 일기장 속의 자화상

쓰다 버린 펜촉 주워
대롱 끝에 꽂고
직물 염색용 원료 사서
물에 녹여 잉크로
청소년기의 자화상을 그린
일기장이 몇 권 남아 있기에
그 중 몇 구절 추려 차제에
내놓으려 한다.

1951. 3. 8 목, 맑음

오늘도 날은 저물었고 세상만물은 고요히 잠이 들었는데 내 쓰라린 심정은 잠 못들고 슬픈 눈물만 하염없이 흘리면서 새삼스럽게 세상을 원망하며 허무함을 탄식하며 울고 있다. 아버지를 여의고난 후유증이 가시기도 전에 하나뿐인 형마저 하늘나라에 보내고 나니 이제 80세 다 된 할아버지에게 많은 식구가 의지해야만 하게 되었으니 걱정이 태산이다.

이 깊은 밤에도 어디선가 포성이 들려온다. 시계는 자정이 지나 새벽 2시를 치는데 잠은 멀리 떠나고 모든 즐거움은 나를 버리고 말았구나.

(…중략…)

정말로 미칠 것만 같다.

요지경 같은 이 세상에 지향없이 헤매는 이 몸.

쓰라린 이 운명을 어디에 하소연 해야 하나 철 잃은 순한 이 양.

1951. 3. 11. 일

하루도 마음 편한 날이 없다. 집안에만 있으면서 이 나이에 벌써 한가정을 준비도 없이 책임지고 관리해야 하니 내가 꿈꾸던 모든 계획이 수포로 돌아가고 경제적으로 타격받으며 생활고에 허덕이게 된 것에 운명을 원망치 않으랴. 마음껏 자유스러워야 할 이 젊은 몸이 부자유 속에서 살아야 하니 참으로 슬프다.

오늘은 마침 일요일이기에 친구들과 뒷동산에 오르기로 약속했으나 그마저도 뜻대로 되지 않는다. 먼 곳에 가서 약을 사와야 되고 담배잎도 정리해야 하며 이것저것 하루 종일 서성이다 보니 하루 해가 저물었다.

할머니의 병세가 위중하셔서 숙부님들께서 밤마다 늦게까지 간병을 하신다. 나도 어머님의 은혜를 보답할 길이 아직까지 보이지 않는다.

(…이하 생략…)

1951. 3. 25. 일. 비

온종일 가는 봄비가 시름없이 내려 우울한 내 마음을 한층 더 심화시킨다.

사랑채 문앞 돌층대 틈에 백합이 해동되면서 흙 밖으로 드러나 있어 내 처지를 생각하며 캐어서 울안 좁은 화단에 세 뿌리 심고, 화분에 세 뿌리를 심어서 내 책상 옆에 놓았다. 그리고 나머지는 이웃에 사는 친척들께 드렸다.

도대체 사람은 왜 사는가? 생로병사는 어디서 오는 것인가? "나"라는 존재를 인식하기 시작할 때부터 엉뚱하게 이런 생각을 많이 하면서 괴로워하였다. 그러나 이제 새삼스럽게 또 생각하게 되는 것은 아버지께서 세상을 뜨신 후, 한 분인 형마저 우리 곁을 떠나셨는데, 엎친데 덮친다고 할머니께서도 수일전에 세상을 뜨셨으니 한 집안에 궤연을 네 군데 모시게 되었으니 흔치 않은 변고가 일시에 일어났다.

진정으로 어찌할 바를 모르겠다. 이런 일이 세상에 또 있을까?

삶과 죽음의 백지장 차이에서 발버둥 치는 "나"라는 존재. 사랑과 미움에서 벗어날 수 없는 환경. 결국, 인생이란 허공에 사라지는 담배연기 같은 것.

지금 내 방안에는 담배연기만 가득히 차있다. 조금 후면 그 연기도, 냄새도 형상조차 찾을 길 없겠지.

1951. 3. 28. 수. 흐린 뒤 비

초저녁부터 질녀가 또 기침을 심하게 계속하고 있었다.

내가 잠을 자러갈 때까지도 가라앉지 않는다.

내 방에 가서 잠을 청하려 하다가 이대로는 도저히 편히 잠을 못잘 것 같아 이불을 걷어차고 일어나 안방으로 갔더니 어머님께서 잠자리에 드셨다가 깜빡 잠결에 놀라셔서 환자 옆에 근심스럽게 앉아 계시고 엄마인 형수는 막둥이 간난이만 품에 안고 잠자고 계시다.

내 속은 터질 것 같지만 속으로 삭이고서 혼자 두런거리면서 부엌에 나가 내가 지금 할 수 있는 유일한 방법인 김치를 꺼내어 썰어 갖고 들어오니까 질녀는 기침이 잠시 멎으니까 지쳐서 이제 막 잠이 들어 있었다. 자다가 또 기침을 하면 먹게 하라고 머리맡에 놓아두고 잠시동안 함께 앉아 있다가 내 침실로 갔다.

(…이하 생략…)

1951. 3. 30. 금. 개임

어디서부터 잘못된 것인지 집안에 환자들이 끊이지 않으니 참으로 따분하다.

할아버지는 탈홍증이 다시 재발하였으며 질녀는 기침과 감기가 계속되고 조카는 설사를 하고 있으며 나는 군에서의 전상 후유증으로 정상적인 건강 상태가 아닌 데다가 요즘 감기와 옆구리가 결린 담증상으로 괴로움을 참아가며 행동하니 남은 가족들의 심정은 어떠하겠나.

오늘 질녀의 기침약을 구하기 위해 하는 수없이 오서산을 넘어가 장곡면에 있는 광덕암에 가서 스님으로부터 약을 조제받아 가져 왔다.

어제도 무거운 짐을 무리하게 날랐고 그 외 온종일 노동한 후유증인지 오늘은 너무 힘들다.

1951. 4. 17. 화

오늘도 계속하여 보리밭 풀을 매었는데 그간에 비하여 제법 많이 하였다. 그동안은 한나절만 매고 한나절은 쉬었는데 오늘은 하루종일 해질 때까지 일을 했다. 남들이 세 고랑 매면 나는 아무리 노력해도 따라가지 못한다.

무슨 일을 하던지 중학교 동급생들 생각이 내 마음속을 떠나지 못하고 그리워 진다.

어제밤에도 자정이 넘어서 겨우 잠자리에 누웠는데 앞산에서 이름 모르는 새가 구우, 구우, 구구루루 하고 구슬프게 우는 소리가 고요한 밤공가를 가르면서 밝은 달빛과 같이 문틈 사이로 스며 들어와 외로이 누워있는 이 심정을 뒤흔들어 놓는다. 나는 이목이 두려워서 울 수도 없으니 내 몫까지 밤새도록 울어 달라고 울부짖었다.

1951. 4. 23. 월. 맑음

(…전략…)

차라리 산중에 가서 중이나 될까 하는 생각도 든다. 아 나는 이미 타락된 인간이 되었구나. 암흑 속에서 헤매이는 이 가여운 존재. 집에서 혼자 공부하려 하나 세상이 어지러워 뒤숭숭하며 책 한 권 살 돈이 없어 허송세월만 하고 있다.

오직 한 글자 한 글자에 한숨만 가득차고 걸음거리 한 발짝 한 발짝에 눈물만 고인다.

아 쓸쓸한 이 세상에 누구에 의지하며 어디에 정을 부치고 살아 갈거나 어찌하면 좋은지?

오 바람아 불어라. 너나 실컷 불어다오.

내 가슴이 시원토록 쓸어 가거라. 나는 마음껏 울어나 주마.

1951. 4. 26. 목

하루종일 몸이 괴로워서 양지 쪽만 찾아 이리저리 옮기었다.

아침에는 이웃마을의 후배인 김병식이 찾아와서 수일 전에 학교에 찾아가서 곧 등교하기로 약속하고 왔노라며 함께 등교할 것을 권고하였다. 앞으로 2, 3개월만 더 다니면 졸업은 할 수 있다. 숙부님들께서도 졸업은 해야 하지 않느냐고 권고하시며 타이른다.

오늘밤이 증조모님의 기제사 날 이어서 밤늦도록 많은 이야기를 나누었다.

장래의 희망을 이루기 위해서도 꼭 졸업을 해야 하는데 현재의 가정 형편상 도저히 더 이상 학업을 할 수 없으며 앞으로도 전망이 보이지 않으니까, 그동안 더위와 추위를 극복하며, 자취하면서 밤낮을 가리지 않고 열심히 공부하여 5학기 동안 전교 일등을 유지한 것이 주마등처럼 내 뇌리를 스쳐간다. 막연하나마 꿈꿔왔던 시인? 음악가? 문학자의 길은?

좀처럼 답이 나오지 않는다.

오늘 이야기를 전해 들으니 전선이 임진강까지 후퇴하였다고 한다.

1951. 5. 2. 수. 맑음

오전에 계획한 대로 뒷동산에 올라 갔다. 어느새 봄도 깊어가는 모양이지.

산나물이 다 자라서 나물 뜯는 여인들이 꽤많다. 나도 고사리를 몇 주먹 꺾었다.

녹음도 짙어가고 내일 모레 6일이 벌써 입하로 여름 계절이다.

양지는 벌써 뜨거워서 그늘을 찾아 바위에 번 듯이 누워서 책을 읽고 있는데

이름도 모르는 새 한 마리가 옆에서 구슬프게 노래 부르고서 어데론가 날아간다.

1957. 1. 12. 일. 비

(…전략…)

아침에 잠에서 깨어나니 여동생의 결혼준비 문제 때문에 어머님과 형수께서 서로 생각이 달라서 조금 언짢해진 듯하다.

오라비로서의 체면이 말이 아니니 가슴이 미어지는 듯하지만 현실의 내 처지로는 어떻게 할 방법이 나서지 않는다. 무기력한 내 운명 이렇게도 힘드는 고비가 많으냐?

아 괴롭다. 가슴이 미어지고 머리가 터질 것만 같다. 무슨 운명의 장난인가.

실직 상태라서 호구지책도 매일 매일 나를 짓누르고 집주인은 셋방 비워 달라고 하며 여동생의 결혼날은 점점 다가 오는데 마땅이 오라비인 내가 다 주선하며 추진해야 되는데 남의 불구경하듯 모르는 체하고 있으니 그러는 내 심정 무어라 하리오.

못난 이 오라비 용서해다오.

1957. 2. 10. 월. 맑음

오늘 벼르던 이사를 하였다. 이제 당분간은 남포 사람이 되었다.

먹고 살기 위해서는 수단과 방법을 가릴 겨를이 없다. 나도 살기 위하여 이곳에 온 것이다.

어머님께서 노구를 이끄시고 이 자식의 이사를 보살피기 위하여 새벽에 밥 한 술 뜨시고 20㎞가 넘는 길을 걸어서 오셔서 쉴새없이 온종일 집정리를 하시고 大川에 사시는 둘째 누님께서도 점심 지을 쌀까지 갖고 오셔서 종일 도와 주시고 밤에서야 대천까지 걸어서 가시었다.

(…이하 생략…)

1957. 2. 28. 금. 맑음

벌써 2월도 마지막 날이구나. 남포면에 근무를 한 것도 한 달이 되었구나.

새삼스럽게 세월이 빠름을 느낀다. 아내가 일년 전부터 외출할래도 마땅한 옷이 없어서 못나간다고 했는데 그 저고리 하나를 못사주고 차일피일 미루기만 한 것이 오늘에 이르렀다. 너무 거짓말만 하여서 아내에게 참으로 미안하기 짝이 없다.

그래도 아내는 말없이 내 뜻에 순종한다.

이따금 말이 나올 때 마다 내가 할 말은 조금만 더 기다려 달라고 하면 역시 아내는 말없이 듣고만 만다.

두 아들의 입을 옷도 없단다.

(…이하 생략…)

1957. 3. 15. 토. 맑음

고뇌는 항상 내게서 떠날 줄을 모른다. 걱정만 한다고 되는 것도 아니지만 워낙 주위환경이 뒤숭숭 하니 고민이 안 될 수도 없다. 모레 17일이 어머님 생신인데 가게 될지 조차 모르거니와 당장 차임도 빌려야 할 일이고 보니 기분도 나지 않는다. 면 재정 관계로 봉급도 언제 지급할지 막연한 실정인데 아내는 온종일 두 아이에 시달리며 밤에 내가 집에 오면 생활이 부족한 실정만 걱정하고 장래 앞일에 대해서도 걱정만 한다.

나는 전상의 후유증으로 몸이 극히 쇠약하여 괴로움이 많고 약도 못 사먹는데 의사는 수혈하란다. 그것은 꿈도 꿀 수 없다. 언제나 생활고를 벗어나 편안한 삶을 누릴지 의문이든다.

1957. 3. 18. 화. 맑음

오늘이 음력 1월 29일 어머님의 생신날이다. 이미 첫째
와 셋째 누님들께서 어제 오셨다.

어머님의 춘추도 63세, 치아도 다 빠지시고 머리도 반
백이 되셨다. 가난한 집에 오셔서 2남 4녀를 낳아 여의살
이도 다 끝내셨지만 불행히도 장자를 잃으시고 또 부군마
저 세상을 뜨시어 시아버님을 모시고 험한 고행길을 살으
셨다.

밭으로, 논으로, 이웃마을이며 시장까지 남자 못지않은
활동을 하셨다. 쓰러져 가는 가정을 지키기 위하여 연약한
여자의 몸으로 혼신을 다 하셨다.

위대하신 어머님이시여 부디 강녕하옵시고 오래오래 이
자식이 효도할 수 있는 기회를 주십시오. 어머님의 그 깊
으신 은혜를 알지 못하는 이 불효자는 어머님 앞에 말 못하
고 머리만 숙여집니다. 또 여섯째(막내) 숙부께서 위중하
신 듯 하다.

언제쯤이면 이 집안에도 평화가 와서 웃음소리가 집안
에 퍼지게 될지 지금으로선 아득하다.

작가의 별난 人生歷程

작가의 별난 人生歷程

1931. 5.(음력) : 충남 보령시 청라면에서 출생

1934. 겨울 : 스스로 한글 깨치고 할머니들께 소설책 읽
어드림

1935. 2. : 천자문 공부 시작

1936 ~ 1939 : 서당에서 한학 수업

1936. 봄 : 서당 학동들과 오서산 등정

1940. 4. : 청라 초등학교 입학

1940. 7. : 아래채 신축 상량식에 대들보 상량문 씀

1946. 2. : 청라 초등학교 졸업

1946. 6. : 대천중학교 중퇴

1948. : 대천 수산중학교 입학

1951. : 대천 수산중학교 재학중 수업료 체납으로 3학
년 2학기에 축출당함

1952. 5. : 육군 입대

1953. 4. : 전투중 전상으로 장애자 됨

1953. 9. : 육군 명예제대

1954. 10. : 보령군 시행 면서기 자격시험 수석합격

1954. 12. : 결혼

1955. 4. : 보령군청에서 공무원 임용

1993. 6. : 충남 도청에서 정년퇴임

1997. : 대한민국 상이군경회 대의원 피선(임기:4년)
2002. : 충청남도 행정동우회 이사 피선 6회
2017. : 첫 시집 『발자취』 출간

| 상훈 |

- 전상 국가 유공자
- 모범 공무원 대통령표창 수여(1972)
- 녹조 근정훈장 수여(1993)
- 상공부장관 표창
- 보훈처장 표창
- 도지사 표창 3회
- 대전시장 표창
- 화백문학 시부문 신인상

손 성 배

저자 손성배 시인은 1931년 충남 보령 청라면에서 태어났다. 네 살 때 한글을 깨치고, 다섯 살부터 한문공부를 시작하여 평생을 책과 함께 살아왔다. 1955년 보령군청 공무원으로 임용되었고, 1933년, 39년간 몸 담아왔던 공직을 충남 도청에서 정년퇴임(서기관)하였다. 정년퇴임 이후, 등산과 해외여행을 다니는 한편, 어릴 적부터 꿈이었던 시문학에 매진하여 『화백문학』시부문으로 등단했다. 대한민국 상이군경회 대의원과 충청남도 행정동우회 이사를 역임했으며, 2017년 첫 시집 『발자취』를 출간했다. 전상 국가유공자이며, 모범공무원 대통령표창, 상공부장관표창, 보훈처장 표장, 도지사 표창 3회, 대전시장 표창 등과 녹조 근정훈장을 받았다.

손성배 시인의 『향수』는 그의 두 번째 시집이며, 52편의 시와 8편의 산문과 일기 등을 실었다. 손성배 시인의 두 번째 시집인 『향수』는 육이오, 즉, 한국전쟁 참전용사의 삶의 찬가이며, 가난과 배고픔과 공부와 전쟁과 그리고 40여 년의 공직생활과 퇴직 후의 시쓰기 등의 그토록 처절하고 아픈 삶의 노래가 너무나도 사실적이고 진솔하게 울려 퍼지고 있다고 할 수가 있다.

손성배 시집
향수

발　　행　　2023년 7월 10일
지 은 이　　손성배
펴 낸 이　　반송림
편집디자인　　반송림
펴 낸 곳　　도서출판 지혜, 계간시전문지 애지
기획위원　　반경환 이형권
주　　소　　34624 대전광역시 동구 태전로 57, 2층 도서출판 지혜
전　　화　　042-625-1140
팩　　스　　042-627-1140
전자우편　　eji@ji-hye.com
　　　　　　ejisarang@hanmail.net
애지카페　　cafe.daum.net/ejiliterature

ISBN　　979-11-5728-509-9　03810
값　　　　13,000원

이 책의 판권은 지은이와 도서출판 지혜에 있습니다.
양측의 서면 동의 없는 무단 전제 및 복제를 금합니다.